阅读之前 没有真相

午夜文库

阿加莎·克里斯蒂
侦探小说

阿加莎·克里斯蒂
Agatha Christie (1890—1976)

无可争议的侦探小说女王，侦探文学史上最伟大的作家之一。

阿加莎·克里斯蒂原名为阿加莎·玛丽·克拉丽莎·米勒，一八九〇年九月十五日生于英国德文郡托基的阿什菲尔德宅邸。她几乎没有接受过正规的教育，但酷爱阅读，尤其痴迷于歇洛克·福尔摩斯的故事。

第一次世界大战期间，阿加莎·克里斯蒂成了一名志愿者。战争结束后，她创作了自己的第一部侦探小说《斯泰尔斯庄园奇案》。几经周折，作品于一九二〇年正式出版，由此开启了克里斯蒂辉煌的创作生涯。一九二六年，《罗杰疑案》由哈珀柯林斯出版公司出版。这部作品一举奠定了阿加莎·克里斯蒂在侦探文学领域不可撼动的地位。之后，她又陆续出版了《东方快车谋杀案》《ABC谋杀案》《尼罗河上的惨案》《无人生还》《阳光下的罪恶》等脍炙人口的作品。时至今日，这些作品依然是世界侦探文学宝库里最宝贵的财富。根据她的小说改编而成的舞台剧《捕鼠器》，已经成为世界上公演场次最多的剧目；而在影视改编方面，《东方快车谋杀案》为英格丽·褒曼斩获奥斯卡大奖,《尼罗河上的惨案》更是成为几代人心目中的经典。

阿加莎·克里斯蒂的创作生涯持续了五十余年,总共创作了八十余部侦探小说。她的作品畅销全世界一百多个国家和地区,累计销量已经突破二十亿册。她创造的小胡子侦探波洛和老处女侦探马普尔小姐为读者津津乐道。阿加莎·克里斯蒂是柯南·道尔之后最伟大的侦探小说作家,是侦探文学黄金时代的开创者和集大成者。一九七一年,英国女王授予克里斯蒂爵士称号,以表彰其不朽的贡献。

一九七六年一月十二日,阿加莎·克里斯蒂逝世于英国牛津郡沃灵福德家中,被安葬于牛津郡的圣玛丽教堂墓园,享年八十五岁。

阿加莎·克里斯蒂 侦探作品年表

波洛系列

1920　The Mysterious Affair at Styles《斯泰尔斯庄园奇案》
1923　Murder on the Links《高尔夫球场命案》
1924　Poirot Investigates《首相绑架案》
1926　The Murder of Roger Ackroyd《罗杰疑案》
1927　The Big Four《四魔头》
1928　The Mystery of the Blue Train《蓝色列车之谜》
1932　Peril at End House《悬崖山庄奇案》
1933　Lord Edgware Dies《人性记录》
1934　Murder on the Orient Express《东方快车谋杀案》
1935　Three-Act Tragedy《三幕悲剧》
1935　Death in the Clouds《云中命案》
1936　The ABC Murders《ABC 谋杀案》
1936　Murder in Mesopotamia《古墓之谜》
1936　Cards on the Table《底牌》
1937　Dumb Witness《沉默的证人》
1937　Death on the Nile《尼罗河上的惨案》
1937　Murder in the Mews《幽巷谋杀案》
1938　Appointment with Death《死亡约会》
1938　Hercule Poirot's Christmas《波洛圣诞探案记》
1940　Sad Cypress《H 庄园的午餐》
1940　One, Two, Buckle My Shoe《牙医谋杀案》
1941　Evil Under the Sun《阳光下的罪恶》
1943　Five Little Pigs《五只小猪》
1946　The Hollow《空幻之屋》
1947　The Labours of Hercules《赫尔克里·波洛的丰功伟绩》
1948　Taken at the Flood《顺水推舟》
1952　Mrs. McGinty's Dead《清洁女工之死》
1953　After the Funeral《葬礼之后》
1955　Hickory Dickory Dock《山核桃大街谋杀案》
1956　Dead Man's Folly《弄假成真》
1959　Cat Among the Pigeons《鸽群中的猫》
1960　The Adventure of the Christmas Pudding《雪地上的女尸》

阿加莎·克里斯蒂 侦探作品年表

1963　The Clocks《怪钟疑案》
1966　Third Girl《第三个女郎》
1969　Hallowe'en Party《万圣节前夜的谋杀》
1972　Elephants Can Remember《大象的证词》
1974　Poirot's Early Stories《蒙面女人》
1975　Curtain—Poirot's Last Case《帷幕》

马普尔小姐系列

1930　The Murder at the Vicarage《寓所谜案》
1932　The Thirteen Problems《死亡草》
1942　The Body in the Library《藏书室女尸之谜》
1943　The Moving Finger《魔手》
1950　A Murder Is Announced《谋杀启事》
1952　They Do It with Mirrors《借镜杀人》
1953　A Pocket Full of Rye《黑麦奇案》
1957　4.50 from Paddington《命案目睹记》
1962　The Mirror Crack'd from Side to side《破镜谋杀案》
1964　A Caribbean Mystery《加勒比海之谜》
1965　At Bertram's Hotel《伯特伦旅馆》
1971　Nemesis《复仇女神》
1976　Sleeping Murder《沉睡谋杀案》
1979　Miss Marple's Final Cases《马普尔小姐最后的案件》

其他系列及非系列

1922　The Secret Adversary《暗藏杀机》
1924　The Man in the Brown Suit《褐衣男子》
1925　The Secret of Chimneys《烟囱别墅之谜》
1929　Partners in Crime《犯罪团伙》
1929　The Seven Dials Mystery《七面钟之谜》
1930　The Mysterious Mr. Quin《神秘的奎因先生》
1931　The Sittaford Mystery《斯塔福特疑案》
1933　The Witness for the Prosecution and Other Stories《控方证人》
1934　Why Didn't They Ask Evans?《悬崖上的谋杀》

阿加莎·克里斯蒂 侦探作品年表

1934	The Listerdale Mystery 《金色的机遇》
1934	Parker Pyne Investigates 《惊险的浪漫》
1939	Murder Is Easy 《逆我者亡》
1939	And Then There Were None 《无人生还》
1941	N or M? 《桑苏西来客》
1944	Towards Zero 《零点》
1945	Sparkling Cyanide 《闪光的氰化物》
1945	Death Comes as the End 《死亡终局》
1949	Crooked House 《怪屋》
1950	Three Blind Mice and Other Stories 《三只瞎老鼠》
1951	They Came to Baghdad 《他们来到巴格达》
1954	Destination Unknown 《地狱之旅》
1958	Ordeal by Innocence 《奉命谋杀》
1961	The Pale Horse 《灰马酒店》
1967	Endless Night 《长夜》
1968	By the Pricking of My Thumbs 《煦阳岭的疑云》
1970	Passenger to Frankfurt 《天涯过客》
1973	Postern of Fate 《命运之门》
1991	Problem at Pollensa Bay 《神秘的第三者》
1997	While the Light Lasts 《灯火阑珊》

出版前言

纵观世界侦探文学一百七十余年的历史，如果说有谁已经超脱了这一类型文学的类型化束缚，恐怕我们只能想起两个名字——一个是虚构的人物歇洛克·福尔摩斯，而另一个便是真实的作家阿加莎·克里斯蒂。

阿加莎·克里斯蒂以她个人独特的魅力创造着侦探文学史上无数的传奇：她的创作生涯长达五十余年，一生撰写了八十余部侦探小说，她开创了侦探小说史上最著名的"黄金时代"；她让阅读从贵族走入家庭，渗透到每个人的生活中；她的作品被翻译成一百多种文字，畅销全球一百五十余个国家，作品销量与《圣经》《莎士比亚戏剧集》同列世界畅销书前三名；她的《罗杰疑案》《无人生还》《东方快车谋杀案》《尼罗河上的惨案》都是侦探小说史上的经典，她是侦探小说女王，因在侦探小说领域的独特贡献而被册封为爵士，她是侦探小说的符号和象征。她本身就是传奇。沏一杯红茶，配一张躺椅，在暖暖的阳光下读阿加莎的小说是一种生活方式，是惬意的享受，也是一种态度。

午夜文库成立之初就试图引进阿加莎的作品，但几次都与版权擦肩而过。随着午夜文库的专业化和影响力日益增强，阿加莎·克里斯蒂的版权继承人和哈珀柯林斯出版公司主动要求将版权独家授予新星出版社,并将阿加莎系列侦探小说并入午夜文库。这是对我们长期以来执着于侦探小说出版的褒奖,是对我们的信任与鼓励,更是一种压力和责任。

新版阿加莎·克里斯蒂作品由专业的侦探小说翻译家以最权威的英文版本为底本,全新翻译,并加入双语作品年表和阿加莎·克里斯蒂家族独家授权的照片、手稿等资料,力求全景展现"侦探女王"的风采与魅力。使读者不仅欣赏到作家的巧妙构思、离奇桥段和睿智语言,而且能体味到浓郁的英伦风情。

阿加莎作品的出版是一项系统工程,规模庞大,我们将努力使之臻于完美。或存在疏漏之处,欢迎方家指正。

新星出版社
午夜文库编辑部

Agatha Christie

Over the next few years, we plan to celebrate two very important Agatha Christie anniversaries. In 2015, it is the 125th anniversary of her birth in Torquay, South Devon, England, and in 2020 it will be 100 years after her first book, THE MYSTERIOUS AFFAIR AT STYLES, featuring her famous detective, Hercule Poirot, was published. This is therefore a very appropriate moment to publish a new edition of her works, and I am delighted that HarperCollins has chosen to work with New Star on these new editions. New Star is China's top crime publisher, and has a strong and dedicated editorial staff and a continued passion for Agatha Christie, making them the ideal partner. It is the right time to make these classic books available in modern translations and so to bring Agatha Christie's books anew to her many fans in China, giving them a new reason to re-read these much-loved stories, as well as introducing them to a whole new audience. How delighted Agatha Christie would have been that her stories (as she called them) are still giving so much pleasure to so many people all over the world!

I think there are two very remarkable things about Agatha Christie's stories. The first is that they are so adaptable. It doesn't really matter which language they appear in, the stories and the plots still give the same thrill, still provide the same puzzles, and the characters still have the same attraction. Readers in China will I am sure enjoy Hercule Poirot and Miss Marple just as much as we do in England, and readers in China will still be transfixed by the surprises and horrors of AND THEN THERE WERE NONE, one of the great classics of 20th century detective fiction, as we are here.

Agatha Christie

The second is that the stories give a wonderful picture of England, particularly rural England, at the time Agatha Christie lived. She wrote books from 1920 until 1970 but it is sometimes hard to tell which part of her life each book was written in. Her characters and the life they lived were very much the same. The life we all live is changing very quickly these days but "the Agatha Christie world" stays the same. Perhaps the Miss Marple stories provide the best example of this, and in some ways THE BODY IN THE LIBRARY and NEMESIS are quite similar, despite the fact that thirty years elapsed between the time they were written.

Perhaps I might end by mentioning three Agatha Christies (other than the ones mentioned above) which I think demonstrate why she is so popular, even in the twenty-first century. The first is MURDER ON THE ORIENT EXPRESS, one of the most famous with one of the most ingenious and human plots. Read this on one of your long train journeys in China! Next is A MURDER IS ANNOUNCED, a Miss Marple which was her 50th book. It has my favourite murderer in it! And last is ENDLESS NIGHT - a story about evil and how it affects three young people, written at the time when I knew her best, and understood how deeply she cared and sympathised with young people and the world they lived in.

Whichever are your favourites I hope you enjoy these stories that New Star are introducing to you again. I think it is a great publishing event.

Mathew Prichard
Grandson of Agatha Christie
Chairman of Agatha Christie Ltd

致中国读者
（午夜文库版阿加莎·克里斯蒂作品集序）

在未来的几年中，我们将要筹备两个非常重要的关于阿加莎·克里斯蒂的纪念日。二〇一五年是她的一百二十五岁生日——她于一八九〇年出生于英国的托基市，二〇二〇年则是她的处女作《斯泰尔斯庄园奇案》问世一百周年的日子，她笔下最著名的侦探赫尔克里·波洛就是在这本书中首次登场。因此，新星出版社为中国读者们推出全新版本的克里斯蒂作品正是恰逢其时，而且我很高兴哈珀柯林斯选择了新星来出版这一全新版本。新星出版社是中国最好的侦探小说出版机构，拥有强大而且专业的编辑团队，并且对阿加莎·克里斯蒂的作品极有热情，这使得他们成为我们最理想的合作伙伴。如今正是一个良机，可以将这些经典作品重新翻译为更现代、更权威的版本，带给她的中国书迷，让大家有理由重温这些备受喜爱的故事，同时也可以将它们介绍给新的读者。如果阿加莎·克里斯蒂知道她的小故事们（她这样称呼自己的这些作品）仍然能给世界上这么多人带来如此巨大的阅读享受，该有多么高兴啊！

我认为阿加莎·克里斯蒂的作品有两个非常重要的特征。首先它们是非常易于理解的。无论以哪种语言呈现，故事和情节都同样惊险刺激，呈现给读者的谜团都同样精彩，而书中人物的魅力也丝毫不受影响。我完全可以肯定，中国的读者能够像我们英国人一样充分享受赫尔克里·波洛和马普尔小姐带来的乐趣；中国读者也会和我们一样，读到二十世纪最伟大的侦探经典作品——比如《无人生还》——的时候，被震惊和恐惧牢牢钉在原地。

第二个特征是这些故事给我们展开了一幅英格兰的精彩画卷，特别是阿加莎·克里斯蒂那个年代的英国乡村。她的作品写于二十世纪二十年代至七十年代间，不过有时候很难说清楚每一本书是在她人生中的哪一段日子里写下的。她笔下的人物，以及他们的生活，多多少少都有些相似。如今，我们的生活瞬息万变，但"阿加莎·克里斯蒂的世界"依旧永恒。也许马普尔小姐的故事提供了最好的范例：《藏书室女尸之谜》与《复仇女神》看起来颇为相似，但实际上它们的创作年代竟然相差了三十年。

最后，我想提三本书，在我心目中（除了上面提过的几本之外）这几本最能说明克里斯蒂为什么能够一直受到大家的喜爱。首先是《东方快车谋杀案》，最著名，也是最机智巧妙、最有人性的一本。当你在中国乘火车长途旅行时，不妨拿出来读读吧！第二本是《谋杀启事》，一个马普尔小姐系列的故事，也是克里斯蒂的第五十本著作。这本书里的诡计是我个人最喜欢的。最后是《长夜》，一个关于邪恶如何影响三个年轻人生活的故事。这本书的写作时间正是我最了解她的时候。我能体会到她对年轻人以及他们生活的世界关心至深。

现在新星出版社重新将这些故事奉献给了读者。无论你最爱的是哪一本，我都希望你能感受到这份快乐。我相信这是出版界的一件盛事。

阿加莎·克里斯蒂外孙

阿加莎·克里斯蒂有限责任公司董事长

马修·普理查德

二〇一三年二月二十日

阿加莎·克里斯蒂侦探小说全集 ⑦

闪光的氰化物
Sparkling Cyanide

[英]阿加莎·克里斯蒂 著
赵文伟 译

新 星 出 版 社　NEW STAR PRESS

目录

1	第一部	罗斯玛丽
3	第一章	艾丽斯·玛尔
32	第二章	露丝·莱辛
42	第三章	安东尼·布朗
47	第四章	斯蒂芬·法拉第
65	第五章	亚历山德拉·法拉第
71	第六章	乔治·巴顿
75	第二部	万灵节
77	第一章	
82	第二章	
90	第三章	
97	第四章	
110	第五章	
118	第六章	
123	第三部	艾丽斯
125	第一章	
133	第二章	

目 录

137	第三章
147	第四章
158	第五章
167	第六章
178	第七章
184	第八章
188	第九章
193	第十章
199	第十一章
207	第十二章
215	第十三章
221	第十四章

第一部　罗斯玛丽

"我该如何驱散眼中对往事的追忆？"

六个人想着罗斯玛丽·巴顿,
她死了快一年了……

第一章　艾丽斯·玛尔

1

艾丽斯·玛尔一直想着她姐姐，罗斯玛丽。

近一年的时间里，她刻意让思绪远离罗斯玛丽。她不想记起。

太痛苦了，太恐怖了！

那张青紫色的脸，抽搐攥紧的手指……

与前一天快乐漂亮的罗斯玛丽形成了鲜明的对比……哦，也许她并不是真的快乐。她得了流感——情绪低落、身体虚弱……验尸的时候艾丽斯全说出来了，还特意强调了这一点，这能解释罗斯玛丽为什么自杀吧？

验尸一结束，艾丽斯就故意将整件事置诸脑后。回忆有什么用呢？全忘掉！忘掉整件恐怖的事。

然而现在，她意识到她不得不回想，不得不追忆往事……要仔细回想每一个似乎无关紧要的小事……

需要回忆昨晚跟乔治非同寻常的谈话。

那么出人意料、那么令人恐惧。等一等，真的出人意料吗？难道之前没有任何迹象吗？乔治越发凝神专注的样子，他的心不在焉，他匪夷所思的举止……他的……嗯，古怪，只能用这个词来形容！这一切都在为昨晚的那一刻做铺垫，他把她叫进书房，从书桌的抽屉里拿出那两封信。

没办法,她只能回想罗斯玛丽,只能回忆。

罗斯玛丽——她姐姐……

艾丽斯突然惊愕地意识到,这是她有生以来头一次思考罗斯玛丽这个人,也就是说,客观地把她当作"一个人"来分析。

她向来是想都不想就接受了罗斯玛丽这个人。你从来不会琢磨你的母亲、父亲、姐妹或者姑妈、姨妈、舅妈、婶婶什么的,他们只是不容置疑地在既定的关系中存在着。

你不把他们当作"人"来分析,你甚至没问过自己,他们到底是怎样一个人。

罗斯玛丽是怎样的一个人呢?

现在这一点可能非常重要。很多事可能都取决于这一点。艾丽斯回想着过去,她和罗斯玛丽小的时候……

罗斯玛丽比她大六岁。

2

一幕幕往事在她眼前闪现,倏忽的镜头,短暂的片段。儿时的她正在吃面包、喝牛奶,梳着辫子的罗斯玛丽郑重地坐在桌前做功课。

夏日的海滨。艾丽斯羡慕罗斯玛丽已经是个"大姑娘"了,还会游泳!

罗斯玛丽上寄宿学校,节假日才回来。后来,她也上了学,罗斯玛丽又去巴黎"深造"了。学生妹罗斯玛丽笨手笨脚的,而从巴黎"深造"回来的她浑身散发着一种新奇且惊人的优雅气质。她声音柔美、身材婀娜、栗红色的秀发、黑色的长睫毛、深蓝色的眼睛。一个在异国长大、令人心旌摇荡的尤物!

此后,她们很少见面,六岁的年龄差在这一阶段表现得最明显。

艾丽斯还在求学,罗斯玛丽却在"社交季"里忙碌。即使艾丽斯回家,那道鸿沟仍在。罗斯玛丽的生活是:早上赖床不起,中午和初入社交界的少女们一同进餐,几乎每天晚上都出去参加舞会。艾丽斯的生活则是:在教室里听女教师讲课,去公园散步,九点吃晚饭,十点上床睡觉。妹妹俩的交流仅限于如下简短的对话:

"喂,艾丽斯,帮我打电话叫辆出租车。一个小傻瓜在等我,我快迟到了。"

或者:

"我不喜欢那条新连衣裙,艾丽斯,不适合你,褶皱太多了,看起来很邋遢。"

接着,罗斯玛丽和乔治·巴顿订婚了。艾丽斯很兴奋,购物,大包小包地买,准备伴娘装。

婚礼。她跟在罗斯玛丽身后,走在教堂的红毯上,听见人们耳语:

"好美的新娘啊⋯⋯"

罗斯玛丽怎么会嫁给乔治呢?那时艾丽斯也挺纳闷的。那么多活力四射的小伙子给罗斯玛丽打电话、约她出去,她怎么就选中了比她大十五岁、和蔼可亲,但乏味透顶的乔治·巴顿呢?

乔治生活优渥,但这不是钱的问题。罗斯玛丽自己也有钱,很多钱。

保罗舅舅的钱⋯⋯

艾丽斯仔细搜索记忆,尽力区分最近才知道的和以前就知道的信息：譬如，保罗舅舅？

他不是她们的亲舅舅，她一直很清楚这一点，尽管没有人明确告诉过她们，但她知道一些事实。保罗·班尼特一直爱着她们的母亲，而她却更喜欢一个比他穷的男人。保罗以一种浪漫精神接受了失恋的现实，并采取了一种浪漫的、奉献的态度——依旧做她的朋友。他成了"保罗舅舅"，成了她的第一个孩子——罗斯玛丽——的教父。保罗舅舅去世后他们发现，他把所有财产都留给了这个小教女，当时她还只是一个十三岁的孩子。

除了美貌，罗斯玛丽还是一位女继承人，而她却嫁给了和蔼但无趣的乔治·巴顿。

为什么？艾丽斯当时想不通，现在依旧想不通。艾丽斯不相信罗斯玛丽爱过他，但跟他在一起时她似乎很快乐，而且她喜欢他——是的，她一定喜欢他。艾丽斯有机会了解到这一点，是因为他们结婚一年后，她们的母亲——漂亮柔弱的薇奥拉·玛尔去世了，十七岁的艾丽斯便搬去跟罗斯玛丽·巴顿和她的丈夫同住。

一个十七岁的女孩，艾丽斯回想自己当年的样子。她那时什么样？她感觉到了什么、想到了些什么，又看到了什么？

她得出的结论是：年轻的艾丽斯·玛尔发育迟缓——不动脑筋，默默接受一切。举个例子来说，她是否怨恨过母亲早年偏爱罗斯玛丽？总的来说，她认为没有。她毫不犹豫地接受了这一事实，罗斯玛丽才是重要的那个。罗斯玛丽已经步入社交界了，如果健康状况允许，母亲当然会把注意力放在长女身上，这是再自然不过的事了，早晚有一天会轮到她的。薇奥拉·玛尔是个比较冷漠的母亲，把心思全放在自己的健康上，孩子则托付给保姆、女家庭教师和学校。但偶尔与她们共处时，尽管时间短暂，她始终是可爱的。她们的父亲赫克托·玛尔去世那年，艾丽斯才五岁，她只隐约记得他酗酒——她也不知道怎么就想起这事了。

十七岁的艾丽斯·玛尔随遇而安。她为母亲服丧，搬到艾尔维斯顿广场和姐姐、姐夫一起生活。

在这个家的生活有时很无趣。直到第二年，艾丽斯才正式进入社交界。在此期间，她每星期上三次法文课和德文课，同时学习家政。有的时候她无事可做，又没个可以说话的人。乔治一直像兄长一样善待她，他的态度从没变过，现在也一样。

罗斯玛丽呢？艾丽斯很少见到罗斯玛丽。罗斯玛丽经常出门，去裁缝店、鸡尾酒会、桥牌会……

细想一下，她真正了解罗斯玛丽的什么呢？她的喜好、她的希望、她的恐惧？太可怕了，真的，你对曾经生活在同一屋檐下的人竟然了解得这么少！姐妹俩几乎没有亲近过。

但是现在，她非想不可。她不得不尽力回想，这可能很重要。

当然，罗斯玛丽似乎挺快乐的……

3

直到那天——事情发生前一星期。

她，艾丽斯，永远忘不了那一天。一切仍然历历在目——每一个细节、每一个字。发亮的红木桌、摇椅、潦草独特的笔迹……

艾丽斯闭上眼睛，让往事一幕幕回到眼前……

她走进罗斯玛丽的起居室，突然，停下了脚步。

她吓了一跳。她看见什么了？！罗斯玛丽坐在写字桌前，头趴在伸开的双臂上。罗斯玛丽在哭泣。她从没见罗斯玛丽哭过，如此大声的痛哭把她吓坏了。

是的，罗斯玛丽刚得了一场流感，才好了一两天。所有人都知道流感会让人情绪低落，可是——

艾丽斯用幼稚且震惊的声音大叫道："哦，罗斯玛丽，你怎么了？"

罗斯玛丽坐了起来，把头发从哭花的脸上扒拉开。她努力恢复镇静，急切地说："没什么——没什么——别那样盯着我看！"

她站起身，经过妹妹身边，跑了出去。

艾丽斯困惑不安地走进房间，疑惑的目光被写字桌吸引了，她瞥见了自己的名字，是姐姐的笔迹。罗斯玛丽是在给她写信吗？

她走过去，低下头看蓝色便条纸上写着的潦草的大字，由于握笔的人心情急迫且烦乱，字迹比平日更潦草。

亲爱的艾丽斯：

我实在不必立遗嘱，因为，无论如何，我的钱都会留给你，我只是希望把我的某些东西留给特定的人。

给乔治：他送给我的珠宝和我们订婚时一起买的小珐琅盒。

给格洛丽亚·金：我的白金烟盒。

给梅齐：那个她一直喜欢的中国陶马——

写到这儿，罗斯玛丽停下了，狂乱地涂写一气，然后把钢笔一丢，抑制不住地哭泣起来。

艾丽斯仿佛变成了一块石头，呆立在那里。

什么意思？罗斯玛丽快死了？不会吧。她确实得过流感，可是现在已经好了呀。再怎么说，得流感也不会死人的——有时候会，但罗斯玛丽没死，现在她的身体好好的，就是有点虚弱、情绪低落而已。

艾丽斯又看了一遍字条，这次，一行字凸显出来，带来令人震惊的效果：

"……无论如何，我的钱都会留给你……"

这是她头一次得知自己也在保罗·班尼特的遗嘱里。她从小就知道罗斯玛丽继承了保罗舅舅的遗产，罗斯玛丽富有，她贫穷。但她从没问过罗斯玛丽死后那些钱会如何处理。

要是有人问她，她会回答，那些钱应该留给罗斯玛丽的丈夫乔治。不过，她还会补充一句：认为罗斯玛丽会死在乔治之前的想法十分荒唐！

然而眼下，白纸黑字写在这里了，罗斯玛丽亲笔写下的。罗斯玛丽死后，那些钱将归她——艾丽斯——所有。可是，这么做不合法吧？继承遗产的应该是丈夫或妻子，而不是姐妹。当然了，除非保罗舅舅的遗嘱上就是这么写的。是的，一定是这样的，保罗舅舅说过，如果罗斯玛丽去世，那笔钱就留给她。这样的话就不会那么不公平了——不公平？脑子里突然冒出这个词时，她吓了一跳。她是不是一直认为罗斯玛丽继承了保罗舅舅的全部遗产对她来说是不公平的？她想，其实她一直都是这么认为的。她们——她和罗斯玛丽——是姐妹，她们都是母亲的孩子，可保罗舅舅为什么把所有遗产都留给了罗斯玛丽一个人？

罗斯玛丽总是拥有一切！

舞会、裙子、钟情于她的小伙子，以及一个深爱她的丈夫。

发生在罗斯玛丽身上的唯一不愉快的事是她得了流感！就连这也没超过一个星期！

艾丽斯站在桌前犹豫着，这张字条——罗斯玛丽想就这样丢在这里，让仆人们看见吗？

犹豫了一分钟后,她拿起字条,对折了一下,塞进一个抽屉里。

决定命运的生日宴会后,这张字条被警方发现了,提供了另一项佐证——如果还需要证据的话——证明罗斯玛丽病愈后一直郁郁寡欢,当时她可能想过自杀。

流感引发的精神抑郁,这是在审讯过程中提出的自杀动机,并由艾丽斯的证据帮助确立。不够充分,也许吧,但这是唯一能找到的动机,于是就被大家接受了。那一次流感很严重。

当时,艾丽斯和乔治·巴顿都没提出其他可能。

此刻回想起阁楼上的情景,艾丽斯怀疑自己那会儿是不是瞎了。

整件事就发生在她的眼皮子底下!可她竟然什么也没看见,什么都没发现!

她的思绪迅速跳到那场生日聚会惨剧。不必想它了!已经过去了——结束了。撇开恐怖的场景、讯问、乔治抽搐的脸和布满血丝的双眼,直接回到阁楼上那只行李箱。

4

大约在罗斯玛丽死后半年。

艾丽斯仍然住在艾尔维斯顿广场的那幢房子里。葬礼过后,玛尔家的律师——一个脑壳闪闪发亮,眼神格外精明的儒雅的老绅士跟艾丽斯谈过一次话。他清楚地解释说,依照保罗的遗嘱,罗斯玛丽所继承的他的财产将在其死后由其子女继承,若无子嗣,将由艾丽斯继承。这位律师还说那是一笔巨额财产,会在她年满二十一岁或结婚时全部属于她。

不过眼下首先要解决的是她的住处问题。乔治·巴顿先生急切地表示很愿意她继续与他住在一起，同时，他建议让她姑姑——如今经济情况堪忧的德瑞克太太——也搬过来一起生活，还能陪伴艾丽斯出入社交场合。德瑞克太太有一个儿子（玛尔家的败家子），经常向她索要钱财，导致她穷困潦倒。艾丽斯同意这个计划吗？

艾丽斯十分乐意，不必有什么变化让她很欣慰。在她的印象中，卢西娜姑妈是个和蔼、友善、怯懦且没有主见的人。

这样一来，问题就解决了。令人感动的是，乔治·巴顿愿意让太太的妹妹留在身边，并把她当成自己的亲妹妹。德瑞克太太虽然不是一个让人兴奋的同伴，但她完全顺从艾丽斯的意愿。从此，一家人过上了和睦安定的生活。

大约半年后，艾丽斯在阁楼上发现了那个东西。

艾尔维斯顿广场公寓的阁楼都用作储藏室，存放着零星的家具和很多只旅行箱。

艾丽斯一直没找到那件她曾经很喜欢的红色套头毛衣，便爬上了阁楼寻找。乔治恳求她不要为罗斯玛丽穿丧服，他说罗斯玛丽一向反对穿丧服。艾丽斯知道他说的是实话，于是默默接受，继续穿平日的衣服。卢西娜·德瑞克则不太赞同，她是个老派的人，喜欢遵守她所谓的"规矩"。德瑞克太太仍然在为已经过世二十多年的丈夫佩戴黑纱。

艾丽斯知道，很多不想穿的衣服被收起来，都放在阁楼的行李箱里。她开始在这里找那件红色的套头毛衣，这期间，她发现了很多早已被遗忘的东西：一件灰外套和裙子、一堆袜子、她的滑雪板，还有一两件旧泳衣。

接着她无意间发现了罗斯玛丽的旧晨袍，这件旧晨袍莫名其妙地没和罗斯玛丽的其他东西一起被送走——是一件带大口袋的波点图案男款丝质晨袍。

艾丽斯抖开晨袍,发现保存完好,然后就又仔细叠好,放回箱子里。这时,她摸到一个口袋里好像有东西。她把手伸进去,掏出一张皱巴巴的纸,上面是罗斯玛丽的字迹。她把纸展平,读了起来。

亲爱的豹,你不可能是这个意思……你不能——你不能……我们相爱!我们属于彼此!你一定跟我一样清楚!我们不能就这样道别,然后无动于衷地继续各自的生活。你知道这是不可能的,亲爱的。我们属于彼此——永远永远。我不是一个守旧的女人——我不在乎别人怎么说。爱对我来说比任何东西都重要。我们要一起离开这里——幸福地生活——我会给你幸福的。你曾经对我说过,如果没有我,人生对你而言就是尘渣粪土——你还记得吗,亲爱的豹,现在你却平静地写信告诉我,说这一切最好结束——说只有这样对我才是公平的。对我公平?可是,没有你我不能活!我对不起乔治——他一直对我很好——但是他会体谅我的。他会给我自由。如果不再相爱了,继续生活在一起就是不对的。亲爱的,上天注定要让我们在一起——我知道,这是上天的安排。我们在一起会很幸福,但是,我们必须勇敢。我会亲口告诉乔治,我想坦白一切。不过,要等我过完生日。

我知道我做的是对的,亲爱的豹——没有你,我不能活——不能活,不能活,不能活!我好蠢,写了这么多,其实两句话就够了。"我爱你,我永远不会让你走。"哦!亲爱的——

信到这里突然结束了。

艾丽斯一动不动地站在那里,低头看着。

她对自己的亲姐姐了解得太少了!

这么说,罗斯玛丽有一个情夫——她给他写过激情洋溢的情书,还打算跟他一起私奔?

怎么回事?罗斯玛丽没把这封信寄出去,那她寄出去的信里都写了些什么?罗斯玛丽和这个不明身份的男子最终做出了什么决定?

("豹!"恋爱中的人真是有超凡的想象力。好蠢。居然叫他豹!)

这个男人是谁?他像罗斯玛丽爱他一样爱她吗?肯定是的。罗斯玛丽无与伦比的可爱。可是,从罗斯玛丽的信里看,他建议"结束这一切"。这意味着什么?谨慎?他表明分手是为了罗斯玛丽好,只有这样对她才是公平的。是啊,但男人这么说难道不是为了保全面子吗?这么说不就意味着那个男人——所有男人都是这样的——感到厌倦了?也许对他来说这只是一段插曲?也许他从未真正在乎过。艾丽斯感觉那个不明身份的男人已经下定决心要跟罗斯玛丽一刀两断……

但罗斯玛丽有不同的想法,她准备不惜一切代价。罗斯玛丽也下定了决心……

艾丽斯不寒而栗。

而她,艾丽斯,竟然对此一无所知!甚至没有起过疑心!她想当然地认为罗斯玛丽快乐、知足,以为罗斯玛丽和乔治对彼此很满意。瞎了眼了!她一定是瞎了,才会对亲姐姐如此一无所知。

可是,那个男人是谁?

她开始追溯往事，思索、回忆。罗斯玛丽周围有过很多追求者，他们给她打电话，约她出去。没有那么一个特别的人。但这个人肯定存在——其他的人都是幌子，只有这一个人至关重要。艾丽斯困惑地皱着眉头，仔细回想。

两个名字冒了出来。对，肯定是他们，没错，不是他就是他。斯蒂芬·法拉第？一定是斯蒂芬·法拉第。罗斯玛丽到底看上他什么了？那个呆板自大的年轻人——其实也不太年轻了。人们确实说过他才华横溢，说他是一颗冉冉升起的政界新星，有人预言，不久的将来他会当上副部长。有基德明斯特家族在背后支持，他甚至有可能成为未来的首相！难道就是这个让他在罗斯玛丽眼中颇具魅力？她肯定不会迷恋他本人——那样一个冰冷克制的家伙？不过，听说他太太也很爱他，甚至违背她有权有势的家族的意愿嫁给了他，而那时他还只是一个仅有政治野心的无名小卒！如果一个女人如此爱他，另一个女人很可能也会。对，肯定是斯蒂芬·法拉第。

因为，如果不是斯蒂芬·法拉第，那就是安东尼·布朗。

而艾丽斯不希望是安东尼·布朗。

没错，他曾拜倒在罗斯玛丽的石榴裙下，对她唯命是从，他黝黑英俊的脸庞表露出一种幽默的不顾一切。可是他的爱慕太坦诚、太直率了，不可能建立如此深入的关系吧？

罗斯玛丽死后，他也离奇地消失了。自那之后就再没有人见过他。

其实也没多奇怪——他本来就经常旅行。他曾经谈起过阿根廷、加拿大、乌干达和美国。艾丽斯觉得他是个美国人或者加拿大人，尽管他说话时没有什么口音。是的，打那以后再没有他的消息也没什么好奇怪的。

罗斯玛丽才是他的朋友，他没有理由在她死后仍来拜访其他人。他是罗斯玛丽的朋友，但不是罗斯玛丽的情人！艾丽斯不希望他是罗斯玛丽的情人，那会伤害到——那会严重伤害到……

她低头看着手中的信，把它揉成一团。她想把它丢掉、烧掉……

纯粹是直觉阻止了她。

也许有一天，这封信会很重要……

她又把信展平，带到楼下，锁进自己的首饰盒里。

也许有一天能派上用场，证明罗斯玛丽为什么会自我了断。

5

"接下来呢？"

这个荒谬的问题兀自出现在脑子里，让艾丽斯不禁露出苦笑。这个口齿伶俐的售货员总爱问的问题，似乎恰好描绘出她细细引导思绪的心理过程。

这不正是她审视过去时所要做的吗？她已经处理了阁楼上那个惊人的发现。现在——接下来呢？接下来是什么？

当然是乔治越发怪异的举止。她很早就发现这一点了，只不过昨晚那通出乎意料的面谈之后，那些曾令她困惑不解的小事如今已明朗起来。毫无关系的言语和行为都各归其位。

还有，安东尼·布朗又出现了。对，接下来应该是这件事，发现那封信后短短一个星期，他就又现身了。

艾丽斯无法确切地回想起当时的感受……

罗斯玛丽十一月去世。次年五月，艾丽斯在卢西娜·德瑞克的陪伴下开始了少女的社交生活。她参加各种午餐会、茶会和舞会,但都不是很喜欢。她不满意,百无聊赖。六月末,在一个有点乏味的舞会上,她听到身后有个声音说:"您是艾丽斯·玛尔吗?"

她转过身,红着脸注视着安东尼那张黝黑又引人发笑的脸。

他说:"您可能不记得我了——"

她打断了他的话。

"哦,我记得您,我当然记得您!"

"太好了。我担心您把我给忘了,自从上次见到您已经过去很长时间了。"

"是的。自从罗斯玛丽的生日宴——"

她没说下去。这些话就这么欢快地、不假思索地从她的嘴里蹦了出来。双颊的红晕匆匆退去,留下一片失去了血色的苍白。她的嘴唇颤抖着,突然睁大的眼睛中流露出惊慌沮丧之色。

安东尼·布朗急忙说:"太抱歉了,我太残忍了,让你想起那件事。"

艾丽斯咽了口唾沫,说:"没什么。"

(自从罗斯玛丽的生日聚会那晚,他们就没再见过面。自从罗斯玛丽自杀那晚,他们就没再见过面。她不要想,她不要想起那件事!)

安东尼·布朗又说:"非常抱歉,请原谅我。我们跳支舞好吗?"

她点点头。虽然已经答应别人一起跳这支舞了,但她还是随着响起的音乐声,挽着他的手臂飘进了舞池。她看到她的舞伴,一个腼腆、不成熟,衣服领子不太合适的年轻人正在四处找她。她不屑地想,初入社交界的女孩不得不忍受这种舞伴。不像这个男人——罗斯玛丽的朋友。

突然，她心里一阵剧痛。罗斯玛丽的朋友。那封信。那封信是不是写给与她共舞的这个男人的？他从容优雅轻盈的舞姿让"豹"这个绰号具体化了。他和罗斯玛丽是不是——

她突然问道："这些日子你都在哪儿？"

他微微推开她一点，低头看着她的脸。他表情严肃，声音冰冷。

"我一直各处跑——出差。"

"哦。"她忍不住继续问，"那为什么回来？"

这次他露出微笑，轻声说："也许——是为了见你，艾丽斯·玛尔。"

接着他突然将她搂紧了一些，来了一个大胆的长滑步，绕过其他跳舞的人，节奏和引导都完成得堪称奇迹。艾丽斯心里纳闷，她应该害怕才对，怎么会有一种近乎享受其中的感觉呢？

此后，安东尼成了她生活的一部分。她每个星期至少见他一次。

她在公园、舞会上碰到他，并发现晚宴上他被安排在她旁边的位子。

只有一个地方他没去过，那就是艾尔维斯顿广场的那栋房子。过了一段时间，她才注意到他一直巧妙地回避或者拒绝去那里的邀请。意识到这个问题后，她开始琢磨为什么会这样。难道是因为他和罗斯玛丽——

而令她震惊的是，乔治，性格随和且从不多管闲事的乔治，主动跟她谈起了他。

"安东尼·布朗，那个跟你交往的家伙是谁？你对他了解多少？"

她盯着他。

"了解多少？怎么这么问，他是罗斯玛丽的朋友啊！"

乔治的脸抽搐了一下，他眨了眨眼睛，再开口时声音有些低沉。

"哦对，当然，是他。"

艾丽斯懊悔地大声说："对不起，我不该让你想起她。"

乔治·巴顿摇了摇头，温和地说："不，不，我不想忘记她，从来就没想过要忘记她。毕竟……"他将目光移开，尴尬地说，"她的名字就是这个意思。罗斯玛丽——回忆。①"他凝视着她，"我也不希望你忘掉你姐姐，艾丽斯。"

艾丽斯屏住了呼吸。

"我永远不会忘。"

乔治继续说："至于那个年轻人，安东尼·布朗，罗斯玛丽可能喜欢过他，但我不认为她很了解他。知道吗，你应该小心一点，艾丽斯。你是一个非常富有的年轻姑娘。"

她感觉怒火燃遍了全身。

"托尼②——安东尼——他也有很多钱。看看，他在伦敦时都住在克拉里奇酒店。"

乔治微微一笑，低声说："无比气派——也很贵。但无论如何，亲爱的，似乎没有人清楚此人的底细。"

"他是美国人。"

"也许吧。如果是的话，他自己国家的大使馆却没怎么帮助他，这就很奇怪了。他很少来我们家，是不是？"

"是。我知道你为什么这么讨厌他！"

---

① 罗斯玛丽（Rosemary）除了可作为名字以外，还有迷迭香的意思，而迷迭香的花语是回忆、想念。
② 托尼是安东尼的昵称。

乔治摇摇头。

"我好像多嘴了。好吧,我只是想适时地提醒你一下。我会和卢西娜谈一谈的。"

"卢西娜!"艾丽斯嘲讽地说。

乔治焦急地说:"一切都还好吧?我的意思是,卢西娜给了你足够的时间吧?去参加聚会——之类的?"

"是的,确实,她做得兢兢业业……"

"如果她没做到,知道吗,孩子,你必须说出来。我们可以再找其他人,找一个更年轻、更能跟上潮流的人。我希望你快乐。"

"我很快乐,乔治。啊,乔治,我真的很快乐。"

他语重心长地说:"那就好。我不太擅长出席这些活动——从来没擅长过。但我希望你得到一切你想要的东西,没必要节省开支。"

这就是乔治——仁慈、笨拙、莽撞。

他兑现了他的诺言,或者说"威胁",他找德瑞克夫人谈了谈安东尼·布朗的事,只不过时机不对,没有获得卢西娜的重视。

卢西娜刚接到一封电报,是她那个一无是处的宝贝儿子发来的。他太懂得如何触动慈母的心弦,以获得金钱上的支持。

可否寄来两百镑。绝望。生死关头。维克多。

"维克多自尊心太重了。他知道我手头拮据,不到迫不得已绝不会向我求助,他向来如此。我经常担心他会开枪自杀。"

"他不会的。"乔治·巴顿无情地说。

"你不了解他。我是他的母亲,我当然知道我儿子什么样。

如果我无法回应他的求救，我永远都不会原谅自己。我可以把股票全卖出去，或许能帮上忙。"

乔治叹了口气。

"听我说，卢西娜。我会让我在那边的联络员拍封电报回来，把详细情况告诉我们，我们就能弄清维克多到底处在怎样的困境中了。但我的建议是，让他尝尝自己酿的苦果，你要是不这么做，他永远也成不了材。"

"你的心肠太硬了，乔治。这个可怜的孩子只是一直不走运。"

乔治不再发表意见了。跟女人争辩从来没有好处。

他只是说："我立刻叫露丝去处理一下，明天我们就能听到消息了。"

卢西娜的情绪缓和了一些。两百镑最终减到五十镑——卢西娜坚持要寄这么多。

艾丽斯知道，乔治骗卢西娜说这笔钱是卖出了她的股票赚的，其实是自掏腰包。艾丽斯非常赞赏乔治的慷慨，并当面对他说了。他的回答很简单。

"我的看法是——每家都会出败家子，都有个要靠人照顾的人。总要有人为维克多付出，直到他死的那一天。"

"但不必是你，他又不是你的家人。"

"罗斯玛丽的家人就是我的家人。"

"你真是个好人，乔治。可是不能由我来负担吗？你不是总说我有钱。"

他咧开嘴冲她笑。

"年满二十一岁之前你还不能做这种事，姑娘。而如果你聪明的话，到了那个年龄也不会这么做。不过我可以教你一招：当一个人发电报说除非他得到几百镑,否则他就了断一切时,你会发现通常给他二十镑就够了……我敢说十镑都行!你无法阻止一位母亲掏钱,但你可以降低数额——记住这一点。维克多·德瑞克当然不会自杀,他绝对不会!扬言要自杀的人绝对不会自杀。"

绝对不会吗?艾丽斯想起了罗斯玛丽,接着又把这个念头抛开。乔治说的不是罗斯玛丽,而是里约热内卢那个寡廉鲜耻、花言巧语的年轻人。

对艾丽斯来说,此事带来的好处是,作为母亲的急迫心理使得卢西娜无法将全部注意力放在她和安东尼·布朗的友谊上。

那么——"说下一件事吧,夫人。"乔治的变化!艾丽斯不愿再推迟了。从什么时候开始的?是什么原因造成的?

即使现在去回想,艾丽斯依旧无法确切指出具体是从什么时候开始的。自从罗斯玛丽去世后,乔治就常常心不在焉,动不动就走神,陷入沉思。他好像一下子变老了,人也更沉闷了。这再正常不过了。但究竟是从何时起,他的心不在焉变得不正常了呢?

她想,应该是在他们因为安东尼·布朗起冲突之后,她头一次注意到他看着她时眼神困惑且茫然。后来他养成了一个新习惯,早早下班回家,把自己关在书房里。他似乎在里面什么都不做。她进去过一次,发现他正坐在书桌前,直愣愣地看着前方。她进去时,他双眼无神地看着她。他的样子像是受到了打击,但面对她的询问时,他只是简短地回答"没什么"。

日子一天天过去,他却总是一副忧心忡忡的样子,似乎在担心着什么。

没人太留意。当然,艾丽斯也没在意。烦恼总是轻松地与"生意"挂钩。

后来他开始时不时地问些没头没脑的问题。从那时起,她才认为他举止"怪异"。

"听我说,艾丽斯,罗斯玛丽过去经常跟你聊天吗?"

艾丽斯盯着他。

"当然,怎么啦,乔治。至少——呃,你指聊什么?"

"哦,聊她自己——她的朋友们——她过得怎么样,快不快乐,诸如此类的。"

她觉得能猜到他的心思了。他肯定是听说了罗斯玛丽那不顺利的风流韵事了。

她慢悠悠地说:"她不太说起。我的意思是——她一直很忙……忙着……做事。"

"而你还是个孩子,当然了。是的,我知道。没什么,我只是以为她说过什么。"

他用探询的眼神看着她,好似一条满怀希望的狗。

艾丽斯不希望乔治受到伤害,再说了,罗斯玛丽确实没说过什么。她摇了摇头。

乔治叹了口气,语气沉重地说:"哦,好吧,没关系。"

又有一天,他突然问她,罗斯玛丽最要好的女性朋友是谁。

艾丽斯下意识地回答:"格洛丽亚·金。艾特维尔太太——梅齐·艾特维尔。珍·雷蒙德。"

"她跟她们的关系有多亲密?"

"哦,这我不太清楚。"

"我的意思是,你认为她会跟她们中的某一个说心里话吗?"

"我真的不知道……我觉得不太可能……你指的是什么样的心里话?"

话一出口她就后悔了,不该问最后那个问题的,但乔治的回答让她吃了一惊。

"罗斯玛丽有没有说过她怕什么人?"

"怕?"艾丽斯瞪大眼睛。

"我想知道的是,罗斯玛丽有没有仇人?"

"在那群女人中间?"

"不,不,不是那种事。是真正的仇人。有没有人……据你所知,有没有什么人跟她过不去?"

被艾丽斯直直地盯着,似乎搞得他很不安。乔治脸红了,嘀咕道:"听起来很蠢,我知道。太夸张了,但我就是想了解一下。"

一两天后,他开始打听法拉第夫妇。

"过去罗斯玛丽和法拉第夫妇经常见面吗?"

艾丽斯心生疑惑。

"我真的不知道,乔治。"

"她谈起过他们吗?"

"没有,我想没有。"

"他们关系好吗?"

"罗斯玛丽对政治很感兴趣。"

"是,那是在瑞士碰到法拉第夫妇之后,此前她对政治毫无兴趣。"

"不,我想是斯蒂芬·法拉第让她对政治感兴趣的。他经常借给她宣传册之类的东西。"

乔治说:"桑德拉[①]·法拉第怎么想?"

"关于什么?"

[①]桑德拉是后文出现的亚历山德拉的昵称。

"关于她丈夫借给罗斯玛丽宣传册？"

艾丽斯不自在地说："我不知道。"

乔治说："她是个很内向的女人。看上去冷冰冰的，但据说她很迷恋法拉第。这类女人都会憎恶他跟别的女人交朋友。"

"也许吧。"

"罗斯玛丽和法拉第太太相处得如何？"

艾丽斯慢条斯理地说："我不认为她们合得来。罗斯玛丽嘲笑桑德拉，说她就是那种满腹经纶的政治妇女，就像一只摇摆木马——你知道，她确实长得像马。罗斯玛丽常说：'你扎她一下，就会有锯末漏出来。'"

乔治哼了一声，然后说："你还经常跟安东尼·布朗见面吗？"

"还好。"艾丽斯的声音冷冷的，但这次乔治没再警告她，反而一副很感兴趣的样子。

"他去过不少地方，是不是？他的生活一定丰富多彩。他跟你聊过这些吗？"

"说得不多。当然，他确实经常旅行。"

"因为生意吧，我想。"

"我也这么想的。"

"他是做什么生意的？"

"不知道。"

"跟军火有关，是吗？"

"他没说过。"

"哦，你没必要跟他提起我和你打听过他，我只是随便问问。去年秋天，他经常跟迪尤斯伯里，联合武器有限公司的董事长在一起……罗斯玛丽经常跟安东尼·布朗见面，是不是？"

"是——是的，经常见面。"

"但他们认识的时间并不长，只是泛泛之交，对不对？他经常带她去跳舞，是不是？"

"是。"

"你知道，我很惊讶她竟然邀请他参加她的生日聚会，我没意识到她跟他那么熟。"

艾丽斯平静地说："他的舞跳得很好……"

"是啊——是啊，当然……"

并非出于自愿，那天晚上的一幕还是掠过艾丽斯的脑际。

卢森堡餐厅的圆桌、幽暗的灯光和鲜花。乐队不停歇地演奏舞曲。七个人围桌而坐，她、安东尼·布朗、罗斯玛丽、斯蒂芬·法拉第、露丝·莱辛、乔治，还有坐在乔治右边的斯蒂芬·法拉第的妻子——亚历山德拉·法拉第夫人，她有一头浅色的直发，鼻孔微微翘起，声音清晰且傲慢。多么快乐的聚会啊，还是并非如此呢？

聚会期间，罗斯玛丽——不，不，最好别想这个。最好只回想她自己坐在托尼身边——那是她第一次正式见他。这之前他只是一个名字、一个大厅里的影子、一个陪在罗斯玛丽身边在门前的台阶下等出租车的背影。

托尼——

她又猛然回到当下，乔治正在重复一个问题。

"很奇怪啊，他那么快就消失了。他去哪儿了，你知道吗？"

她含糊地说："哦，锡兰吧，或者就是印度。"

"他从没提过那天晚上吗？"

艾丽斯突然尖声说道："为什么他要提？我们非得谈——那天晚上的事不可吗？"

乔治的脸一下子红了。

"不，不，当然不用。抱歉，都是过去的事了。对了，你哪天邀请布朗到家里来吃晚饭吧。我想再见见他。"

艾丽斯很高兴，乔治改变想法了。她发出了邀请，安东尼也接受了。但到了最后一刻，安东尼突然要去北方出差，来不了了。

七月末的一天，乔治宣布说他在乡下买了幢房子，让卢西娜和艾丽斯都大吃一惊。

"买了幢房子？"艾丽斯不敢相信自己的耳朵，"我们不是要租戈林的那个房子住两个月吗？"

"有自己的房子不是更好吗，嗯？随时可以去那里度周末。"

"房子在哪儿？湖区？"

"不，事实上，离得很远。在苏塞克斯郡的马林汉姆，叫小官府，占地十二英亩，一栋乔治王时代风格的小房子。"

"你的意思是，我们都还没看一眼，你就把那里买下了？"

"机缘巧合嘛。刚刚上市，我就买下了。"

德瑞克太太说："我猜那里需要彻底打扫并重新修缮一番吧。"

乔治态度随便地说道："哦，这没什么。露丝已经在负责这事了。"

露丝·莱辛是乔治的秘书，很能干。听他提到露丝，她们都放心地默默地接受了。大家都把露丝当成家里的一员，她长得很好看，是那种只穿黑白灰的严肃女人，她办事效率高，而且圆滑老练……

罗斯玛丽在世时常说："让露丝去处理好了。她棒极了。哦，交给露丝去办吧。"

莱辛小姐的巧手能解决一切难题。她总是笑容满面、轻松愉快、冷淡超然地克服一切困难。她打理乔治的办公室,似乎也在打理乔治。乔治很喜欢她,凡事都依赖她的判断。她似乎没有个人的需求和欲望。

尽管如此,这次卢西娜·德瑞克还是生气了。

"我亲爱的乔治,露丝那么能干,哦,我是说——女人们还是希望亲自挑选自己的起居室的颜色!你应该先征求一下艾丽斯的意见。我没说我自己,我不算什么,但这会让艾丽斯反感。"

乔治面带愧疚之色。

"我想给你们一个惊喜!"

卢西娜强作欢颜。

"你真好啊,乔治。"

艾丽斯说:"我不太介意颜色。我相信露丝会做得很完美,她那么聪明。即使我们去了那儿,又能做什么呢?我想那里有网球场吧。"

"有,六英里外还有一个高尔夫球场,离海边只有十四英里。更棒的是我们还有邻居。我想,搬到一个有认识的人的地方总是明智的。"

"什么邻居?"艾丽斯突然问。

乔治没看她的眼睛。

"法拉第夫妇。"他说,"他们就住在大约一英里半外,和我们隔着一个公园。"

艾丽斯盯着他。她几乎立刻确信,乔治煞费苦心购买并装修这栋乡下别墅只有一个目的,那就是拉近他与斯蒂芬和桑德拉·法拉第的关系。住在乡下的近邻、土地毗连,两家必定关系亲密。要么是这样,要么就是老死不相往来!

可是为什么?为什么他总是提到法拉第夫妇?为什么要用这

种昂贵的方式做一件意义不明的事？

是不是乔治怀疑罗斯玛丽和斯蒂芬·法拉第的关系超越了友谊？这是不是一种奇特的心理——"死后嫉妒"？当然，这种心理无法用语言表达，听起来太奇怪了！

乔治想从法拉第夫妇那里得到什么呢？他不停地用古怪的问题逼问她，目的何在？近来乔治的言行是不是很怪诞？

想想每天晚上他那种怪异的、醉醺醺的表情！卢西娜将这归因于他喝了杯波特酒——或许不止一杯。卢西娜当然会这么想！

不，最近乔治确实有点怪。他有时很兴奋，有时又像陷入昏迷了一般冷漠。

八月的大部分时间他们是在乡下的小官府度过的。好恐怖的房子！艾丽斯打了个冷战。她讨厌那栋房子。一幢堂皇又雅致的房子，家具和装饰都布置得典雅、和谐！（露丝·莱辛从来不会出错！）但是透着奇怪且可怕的空洞。感觉他们并不是生活在那里，只是占领了那里。就像在一场战役中，士兵占领了某个瞭望哨。

更可怕的是日复一日平淡的夏日生活。迎接朋友们来这里度周末，打网球，和法拉第夫妇一起吃便饭。桑德拉·法拉第对他们很友善——那是对待已成朋友的邻居的完美态度。她带他们在郡里到处转悠，就马匹给乔治和艾丽斯提建议，而且对卢西娜这个老女人也表现出恰如其分的尊敬。

但是没有人知道，在苍白的笑容面具背后，她到底在想什么。她是个斯芬克斯[①]一般的女人。

[①]广为人知的斯芬克斯（Sphinx）即埃及的狮身人面像，但希腊神话中同样有这一角色，不同的是希腊的斯芬克斯是一名女性，她出现在俄狄浦斯的故事中，也是一个出谜题，若答不对就杀死或吃掉对方的怪兽。

他们很少见到斯蒂芬。他很忙，经常因政务缠身而缺席。在艾丽斯看来，他明显是故意极力避免与小官府的这家人碰面。

八月就这样过去了，九月时他们决定十月返回伦敦。

艾丽斯长长地松了一口气。也许他们一回去，乔治就会恢复正常了，她想。

还有，昨天晚上，她被一阵轻轻的敲门声弄醒。她打开灯，看了一下时间，才一点钟。她十点半上的床，感觉自己睡了很久。

她匆匆披上晨袍去开门，这做似乎比喊一声"进来"更自然。

乔治站在门外。他还没休息，还穿着晚礼服。他呼吸紊乱，脸庞呈现出一种奇怪的蓝色。

他说："艾丽斯，到我的书房来一下，我必须跟你谈谈，我必须找个人谈谈。"

睡眼蒙眬、不知道出了什么事的她照办了。

他关上书房的门，示意她在桌子对面坐下。他把烟盒推给她，同时用颤抖的手拿出一根烟，点了两次才点着。

她说："出什么事了吗，乔治？"

她真的开始担心了。他的样子很恐怖。

乔治气喘吁吁的，像是刚跑完步。

"我一个人承受不下去了。我撑不下去了。你必须告诉我你的想法——这是不是真的——有没有可能——"

"可是你在说什么呀，乔治？"

"你肯定注意到了什么、看到了什么。她肯定说了些什么。一定有原因——"

她睁大眼睛看着他。

他用手撑着额头。

"你不明白我在说什么,我看得出来。别这么害怕,小姑娘。你必须帮帮我。你必须尽量回忆起每一个该死的细节。就现在,现在,我知道我有点语无伦次,但你马上就能明白了——等我把信拿给你看。"

他打开一个锁着的抽屉,拿出两张纸。

淡蓝色的普通纸,上面有一些打印上去的端正的小字。

"你看看吧。"乔治说。

艾丽斯低头盯着那张纸。内容简单明了、不兜圈子:

你以为你太太是自杀,不,她是被人杀死的。

第二张纸上写着:

你太太罗斯玛丽没有自杀,她是被人谋杀的。

艾丽斯仍盯着那些字,乔治接着说道:"大约三个月前收到的。一开始我以为是有人开玩笑——一个残忍的烂玩笑。后来我开始思考,罗斯玛丽为什么要自杀?"

艾丽斯机械地应道:"流感引发的精神抑郁。"

"是,但一旦你开始仔细思考,就会发现这简直是胡扯,不是吗?我是说,很多人得过流感,之后情绪有点低落什么的——那又怎样?"

艾丽斯艰难地再次开口。

"她可能——一直不快乐?"

"是啊,她很有可能不快乐。"乔治非常平静地考虑了一下这个观点,"但我还是不理解她会因为不快乐就结束自己的生命。她可能扬言过要自杀,但我不认为到了关键时刻她真的会这么做。"

"但她就是这么做了,乔治!还有其他可能的解释吗?他们甚至在她的包里发现了毒药。"

"我知道。一切都吻合。但自从我收到这两封信,"他用指甲轻敲两封匿名信,"我就把整件事翻来覆去地想,越想越觉得蹊跷。这就是我问你那些问题的原因,比如罗斯玛丽是否跟什么人结怨,她有没有说过她害怕某个人。无论是谁杀了她,一定有原因——"

"乔治,你简直是疯了——"

"有的时候我也认为我疯了。但更多的时候,我认为我的想法是正确的。不管怎么样,我必须知道,必须弄明白。你要帮我,艾丽斯。你好好想想,好好回忆一下,对,回忆,一遍一遍地回想那个晚上。因为你看,如果她是被人谋杀的,就肯定是那天晚上一起进餐的某个人干的,不是吗?这一点你一定也很清楚吧?"

是的,她明白。再也不能将记忆中的那一幕推至一旁了,她必须全部回想起来。音乐、隆隆的鼓声,调暗的灯光随着卡巴莱歌舞表演而再次亮起,罗斯玛丽趴在桌子上,脸是蓝色的,抽搐变形。

艾丽斯打了个寒战,现在她真的感到恐惧了,异常恐惧……

她必须想——回忆——记起来。

迷迭香,是为了帮助回忆。[①]

不能遗忘任何一点。

[①]此句出自莎士比亚的《哈姆雷特》。原文为:Rosemary is to help people recall.

第二章　露丝·莱辛

露丝·莱辛忙里偷闲地回想起她雇主的太太，罗斯玛丽·巴顿。

她很不喜欢罗斯玛丽·巴顿。但直到那个十一月的上午，跟维克多·德瑞克初次谈话后，她才知道自己不喜欢她到了何等程度。

那次谈话是一切的开端，引发了一连串事件。那之前，她的感觉和想法都深藏于潜意识中，连她自己都不真正了解。

她爱慕着乔治·巴顿。一直如此。第一次来到他面前时，她二十三岁，冷静、能干，一眼就看出他需要人照顾。于是她开始照顾他。她替他节省时间和金钱，并省却不少烦恼。她为他挑选朋友，引导他养成得体的爱好。她阻止他冒轻率的商业风险，同时鼓励他在必要时冒明智的风险。在他们长期的相处过程中，乔治从未怀疑过她，一直把她看作一位恭顺得力的助手，完全听从她的指挥。他特别喜欢她的外表——整洁闪亮的黑发、时髦利落的定制服装、漂亮的耳朵上戴着小巧的珍珠耳钉、化了淡妆的白皙面庞，以及淡粉色的唇膏。

他觉得露丝永远是对的。

他喜欢她客观超然的态度，不会感情用事，也不考虑人情世故。因此，他跟她讲了很多私事，她总是带着几分同情倾听，并适时提出中肯的意见。

但是，她对他的婚姻生活束手无策。尽管不喜欢新娘，但她也接受了，并尽力帮他准备婚事，为巴顿太太减轻了很多负担。

婚礼过后有一段时间，露丝和老板的关系变得稍稍没那么亲密了。她严格地限制自己只处理公务。乔治则把很多工作交到她手上。

正是因为她的高效，使得罗斯玛丽很快就发现，乔治的莱辛小姐，可以处理各个方面的事情。莱辛小姐总是那么笑容可掬、彬彬有礼、讨人喜欢。

乔治、罗斯玛丽和艾丽斯都叫她露丝，她经常来艾尔维斯顿广场吃午饭。如今她已经二十九岁了，但看上去还和二十三岁时一样。

尽管他们之间没有亲密的交流，她却总能对乔治细微的情绪反应了如指掌。她知道他的婚姻生活是何时从狂喜转变为满足，她也知道满足是从何时转变为一种不好定义的情感的。这个时期他表现出的种种大意、粗心，都由她一一订正了。

无论精神多么恍惚，露丝·莱辛都好像没有意识到。对此，乔治十分感激。

那是十一月的一个早上，他跟她谈起了维克多·德瑞克。

"我想让你替我做一件不太愉快的事，可以吗，露丝？"

她看着他，面带问询之色。不用明白地回答"好的"，他们已足够默契。

"每家都会出败家子。"乔治说。

她点头表示理解。

"这个人是我太太的表哥，一个彻头彻尾的无赖，我不得不这么说。他快把他母亲弄破产了——一个昏庸愚笨、感情用事的老人,本来股票就不多,还为了他把大部分都卖了。维克多·德瑞克一开始在牛津伪造支票,这事好不容易被掩盖过去了,那以后,他就坐着船满世界跑,到哪儿都一事无成。"

露丝只是听着,兴趣不大。她熟悉这类人。他们种柑橘、搞养鸡场、去澳大利亚的大牧场当徒工、去新西兰的肉类冷冻厂当工人。他们什么也干不成,在哪儿都待不久,投给他们的钱一律花光。她对他们向来没兴趣。她更喜欢成功。

"他最近在伦敦现身了,而且我发现他一直在骚扰我太太。她从上学那会儿就没正眼瞧过他,但他是那种花言巧语的无赖,一直写信管她要钱,我不能容忍这种事。我跟他约好了,今天中午十二点在他住的旅社见面。我想让你替我去办这件事。事实上,我不想接触这个家伙。我从来没见过他,也不想见他,我也不想让罗斯玛丽见他。我想,如果由第三方出面解决,就完全可以公事公办。"

"确实,是个好主意。你想怎么安排?"

"一百镑现金,加一张去布宜诺斯艾利斯的船票。钱要等他上船了再给。"

露丝笑了。

"很不错。你要确保他真的上船走了!"

"看来你明白了。"

"这事没什么稀奇的。"她面不改色地说。

"是啊,这种人到处都是。"他犹豫了一下,"你真的不介意帮我这个忙吗?"

"当然不介意。"她有点得意地说,"我可以向你保证,我能处理这件事。"

"什么事你都能处理。"

"船票订了吗？对了，他叫什么名字？"

"维克多·德瑞克。船票在这儿。我昨天给轮船公司打了电话。圣克里斯托瓦尔号，明天从蒂尔伯里起航。"

露丝接过船票，看了一眼，确认信息无误后塞进了手提包。

"就这么定了。我来办。十二点。地址呢？"

"拉塞尔广场，鲁伯特旅社。"

她记了下来。

"露丝，亲爱的，没有你我可真不知道该怎么办——"他温情脉脉地将一只手搭在她的肩上，这是他第一次做出这种举动，"你是我的左右手，我的另一半。"

她红了脸，很愉悦。

"我向来不善言辞……一直把你所做的一切都当作理所当然，但事实并非如此。你不知道我在各方面有多么依赖你……"他重复道，"各个方面。你是这个世界上最友善、最可爱、对我帮助最大的姑娘！"

露丝用笑声来掩饰她的喜悦和尴尬，她说："你说这些好听的话会宠坏我的。"

"哦，但我说的是实话。你是公司的一部分，露丝，没有你的生活简直难以想象。"

她带着他话语中的温情出了门，到鲁伯特旅社去完成任务时，这份感觉还在。

眼下这个问题并没有让露丝感到棘手，她对自己处理各种情况的能力相当自信。倒霉的故事和不幸的人都打动不了她，她准备把维克多·德瑞克当成日常工作来处理。

他和她想象中的差不多，尽管更有魅力。她没估计错他的性格，维克多·德瑞克没有什么优点。讨喜调皮的样子背后隐藏着最最冷酷无情、工于心计的心。她没有料到的是他洞悉他人心意的能力，以及操控他人情感的纯熟技艺。或许，她还低估了自己对他的魅力的抗拒心理，因为他确实很迷人。

他迎接她时显得异常惊喜。

"乔治的密使？太好了，真是惊喜呀！"

她以平淡冷静的语调陈述乔治的条件，维克多很友善地接受了。

"一百镑？真不赖，可怜的老乔治。六十镑我都接受——你可别跟他这么说！条件：'不要来烦扰可爱的罗斯玛丽表妹——不要玷污天真的艾丽斯表妹——不要让可敬的乔治表妹夫难堪。'完全同意！谁送我上圣克里斯托瓦尔号？是不是你，我亲爱的莱辛小姐？我很高兴。"他皱了皱鼻子，同情地眨了一下眼。他有一张瘦削的、棕色的脸，给人斗牛士的感觉——浪漫的风采。他对女人很有吸引力，而且他知道这一点。

"你和巴顿在一起有一段时间了吧，莱辛小姐？"

"六年。"

"要是没有你，他肯定不知道该怎么办了。哦，是的，我都知道。而且我了解你的一切，莱辛小姐。"

"你是怎么知道的？"露丝厉声问道。

维克多咧开嘴，笑道："罗斯玛丽告诉我的。"

"罗斯玛丽？可是——"

"没什么。我不打算再打扰罗斯玛丽了。她已经对我很好了——很有同情心。事实上，我从她那儿拿到了一百英镑。"

"你——"

露丝没有说完，维克多大笑起来。他的笑声很有感染力。她发现自己也笑了。

"你太坏了,德瑞克先生。"

"我是一个颇为成功的寄生虫,掌握纯熟的技巧。举个例子来说,只要我拍一封电报,暗示我要自杀,我母亲就会掏钱。"

"你应该为自己感到羞耻。"

"我深深地自责。我是个坏蛋,莱辛小姐,我想让你知道我到底有多坏。"

"为什么?"她很好奇。

"不知道。你不一样。我不能跟你玩平常的把戏。你那双清澈的眼睛——你不会上当的。不,'可怜的家伙,受到了过于严厉的惩罚'①,这一套对你不起作用,因为你没有同情心。"

她的表情变得冰冷起来。

"我鄙视同情。"

"不顾你的名字吗?你叫露丝,不是吗?调皮。没有同情心的露丝。②"

她说:"我不同情弱者!"

"谁说我弱了?不,不,你错了,亲爱的。也许可以说我邪恶。不过我得为自己说句话。"

她撇了一下嘴。老套的借口。

"什么?"

"我过得很快活。"他点点头,"我过得非常非常快活。我看尽了人生百态,露丝。我几乎什么都干过,做过演员、仓库管理员、服务员、勤杂工、行李搬运工,还在马戏团里做过道具管理员!我在一艘不定期货轮上当过普通水手,在南美的一个共和国竞选过总统。我进过监狱!只有两件事我没有做过——老老实实

---

①此句出自莎士比亚笔下的《李尔王》。原文为"more sinned against than sinning"。
②露丝(Ruth)除了做名字以外,还有同情心的意思。

地工作一天和自己养活自己。"

他看着她,哈哈大笑。她认为自己应该感到反感,但维克多·德瑞克的力量像是魔鬼的力量,他能让罪恶显得有趣。他正用犀利的眼神注视着她。

"你不必摆出一副自鸣得意的样子,露丝!你没你以为的那么有道德!你崇拜成功,你是那种最终会嫁给老板的女孩。这才是你应该跟乔治做的事。乔治就不该娶罗斯玛丽那个小傻瓜,应该娶你才对。要是他娶了你,日子肯定过得比现在好多了。"

"我认为你很无礼。"

"罗斯玛丽是个该死的笨蛋,向来如此。天使一般可爱,却笨得像只兔子。她是那种男人会迷恋,却不会忠心的女人。你呢,你就不一样了。天哪,如果一个男人爱上你,他永远也不会厌倦。"

他一下子击中了她的要害。她突然极其真诚地说:"如果!但他是不会爱上我的!"

"你是说乔治没有爱上你?不要欺骗自己了,露丝。万一罗斯玛丽有个三长两短,乔治会立刻娶你的。"

(是的,就是这样。这就是一切的开端。)

维克多看着她说:"这一点你跟我一样清楚。"

(乔治握着她的手,声音里饱含温情——是啊,确实如此……他总是向她求助,依赖她……)

维克多温和地说:"你应该对自己更有信心,我亲爱的姑娘。你只用一个小手指头就能玩转乔治。罗斯玛丽就是个小笨蛋。"

是这样的,露丝暗想,要不是有罗斯玛丽,我肯定能让乔治向我求婚。我会好好待他,好好照顾他。

她的心头突然腾起一团无名的怒火,以及强烈的憎恨之情。

维克多·德瑞克在一旁乐呵呵地看着她。他喜欢往别人的脑袋里灌输想法，或者像现在这样，说出那些本就存在的念头……

是的，事情就是这样开始的——偶遇这个第二天就要去地球另一端的男人。回到办公室的露丝已不再是那个走出办公室的露丝了，尽管没有人发现她的举止或样子有何不同。

她刚回到办公室一会儿，罗斯玛丽·巴顿就打来了电话。

"巴顿先生刚出去吃午饭了，我能做什么吗？"

"哦，露丝，可以麻烦你吗？那个讨厌的瑞斯上校发来电报，说他赶不回来参加我的聚会了。你问问乔治，他想邀请谁顶替。我们必须再找一位男士。现在有四位女士——艾丽斯，当然了，还有桑德拉·法拉第，还有——另外一个是谁来着？我想不起来了。"

"我想，我就是第四个。您非常友善地邀请了我。"

"哦，当然了。我把你给忘了！"

罗斯玛丽发出一串银铃般的笑声。她看不到露丝·莱辛的脸一下子红了，双唇紧闭。

被邀请参加罗斯玛丽的聚会是一种恩赐——是看在乔治的份上！"哦，是啊，我们会邀请露丝·莱辛的。她会很高兴接到邀请，而且她很有用，模样也不错。"

那一刻，露丝·莱辛知道她恨罗斯玛丽·巴顿。

恨她富有、漂亮、粗心、无脑。罗斯玛丽不需要每天在办公室里辛苦工作——所有东西都是放在金托盘上递给她的。风流韵事，一个宠爱她的丈夫——不需要工作，也不用做计划——

可恨、高高在上、自大、美得轻佻……

"我希望你死掉。"露丝·莱辛低声对着挂掉的电话说。

她被自己的话吓到了，这太不像她说的了。她从没激动过，从没这么轻易地被激怒,她向来冷静、克制、高效。

她自言自语道:"我这是怎么了?"

那个下午,她恨罗斯玛丽·巴顿!一年后的今天,她依然恨着罗斯玛丽·巴顿。

也许有一天,她会忘掉罗斯玛丽·巴顿,但至少现在还没有。

她刻意再次将思绪带回到十一月的那些天。

坐在那里看着电话机——感觉怒气在心中升腾……

她以令人愉快的克制的声音把罗斯玛丽的话转告给乔治。她提议自己不去了,这样男女人数就均等了。乔治立刻拒绝了她的提议!

第二天上午,她来到办公室告诉乔治圣克里斯托瓦尔号已经起航的消息。乔治欣慰且感激。

"这么说他已经坐船走了?"

"是的。我刚把钱交给他,舷梯就收起来了。"她迟疑了一下,然后说,"船离开码头时,他在船上挥手大喊:'代我向乔治问好,告诉他今晚我要为他的健康干一杯。'"

"厚颜无耻!"乔治说。接着,他又好奇地问:"你觉得他这个人怎么样,露丝?"

她故意用平淡的语气回答:"哦,跟我想象的差不多。典型的弱者。"

乔治什么也没看出来,什么都没注意到!她好想大声喊:"你为什么要派我去见他?难道你不知道他会对我做什么吗?难道你没有意识到从昨天起我就变了一个人吗?难道你看不出我是个危险人物吗?难道你不知道我会干出什么事来吗?"

但是,她没有喊出来,而是以事务性的口吻说:"关于圣保罗的那封信——"

她是个高效能干的秘书……

又过了五天。

罗斯玛丽的生日。

在办公室度过了平静的一天——去美容院——穿上一条黑色的新裙子，化上精致的妆容。镜子里面有一张脸看着她，不太像她自己的脸。一张苍白、坚决、充满仇恨的脸。

维克多·德瑞克说得对。她没有同情心。

后来，当她注视着桌对面罗斯玛丽·巴顿那张发蓝抽搐的脸时，她依旧没有同情心。

如今，十一个月过去了，想到罗斯玛丽·巴顿，她突然感到了恐惧……

第三章　安东尼·布朗

安东尼·布朗皱眉望着不远处，心里想着罗斯玛丽·巴顿。

他真是个笨蛋，竟然跟她纠缠在一起。不过，男人做这种事也是可以原谅的，她确实挺好看的。那晚，在多切斯特，他的眼睛就没看别处，一直盯着她。她像天堂女神一样美，大概也一样聪明吧！

他不可救药地爱上了她，费了好大的劲儿托人介绍他们认识。这实在不可原谅，他本该专心干正事的。毕竟，他不是来克拉里奇酒店逍遥的。

但凭良心讲，罗斯玛丽·巴顿太漂亮了，短时间内耽误点正事也是可以容许的。不过如今他确实应该自责，他纳闷自己怎么会那么蠢。幸好没做什么后悔的事。几乎刚一跟她聊天，她的魅力就褪去了一点。一切又回复到正常状态。那不是爱——也没到迷恋的程度。只是一段好时光，不多，也不少。

他享受了那段好时光，罗斯玛丽也享受了。她像天使一样跳舞，无论他带她去哪儿，男人们都会转过身盯着她看，这会带给男人一种愉悦感，只要你不期望她跟你交谈。感谢老天，他没跟她结婚。一旦你习惯了她完美的面孔和身材，你该怎么办？她甚至不能聪明地听人说话。她是那种希望你每天吃早饭的时候都对她说你疯狂地爱着她的女人！

哦,现在回想起这些事挺好。

他爱上过她,不是吗?

他对她大献殷勤,给她打电话,约她出来,与她共舞,在出租车里亲吻她。他很有可能做出傻事,直到那个令人震惊、难以置信的日子。

他还记得她那天的样子,一绺栗色的头发松垂在耳侧,低垂的眼帘,深蓝色的眼睛熠熠发光。柔软的红嘴唇微微噘起。

"安东尼·布朗。好名字!"

他愉快地说:"尊贵显赫。亨利八世有个大臣就叫安东尼·布朗。"

"我猜他是你的祖先?"

"这我不敢保证。"

"你最好不!"

他挑起眉毛。

"我是殖民后裔。"

"不是意大利人吧?"

"哦,"他笑着说,"因为我橄榄色的皮肤?我母亲是西班牙人。"

"怪不得。"

"怪不得什么?"

"很多方面,安东尼·布朗先生。"

"你很喜欢我的名字。"

"我说过了。这是个好名字。"

紧接着他听到了一个晴天霹雳:"比托尼·莫雷利好。"

他一时不敢相信自己的耳朵!太不可思议了!不可能!

他抓住她的胳膊,抓得太狠,她向后缩了一下。

"哎呀,你弄疼我了!"

"你在哪儿听到这个名字的?"

他的声音很刺耳,带着威胁的意味。

她大笑起来,为自己制造的效果感到高兴。这个令人难以置信的笨蛋!

"谁告诉你的?"

"一个认得你的人。"

"谁?这个问题很严肃,罗斯玛丽。我必须知道。"

她瞟了他一眼。

"我那个声名狼藉的表哥,维克多·德瑞克。"

"我从没见过叫这个名字的人。"

"我猜,你认识他的时候他用的不是这个名字,为了保全家族的面子。"

安东尼慢慢地说:"我明白了。那是——在监狱里?"

"对。当时我正在数落维克多,说他让我们所有人蒙羞。当然,他不在乎。然后,他咧开嘴笑了,说:'你不也是很挑剔嘛,亲爱的。那天晚上,我看见你和一个犯人跳舞——事实上,就是你最好的男朋友之一。我听说他自称安东尼·布朗,但是在牢里,他叫托尼·莫雷利。'"

安东尼用轻松的语气说:"我想我得找这个年轻时候的朋友叙叙旧了。老狱友必须团结在一起。"

罗斯玛丽摇摇头。"太晚了。他已经坐船去南美了,昨天走的。"

"哦。"安东尼深吸了一口气,"这么说,只有你知道我这不光彩的秘密?"

她点点头:"我不会说出去的。"

"最好别。"他的声音变得严肃起来,"听着,罗斯玛丽,这很危险。你不希望你漂亮的脸蛋被割破吧?有些人能毫不犹豫地毁掉一个女孩的美貌。还有一个词叫'被做掉',这个词不只书本或电影里才有,也会发生在现实生活中。"

"你是在恐吓我吗,托尼?"

"是警告你。"

她会接受警告吗?她意识到他说的都是大实话了吗?那个愚蠢的小傻瓜。漂亮的脑壳里空空荡荡,没有一点常识。你不能指望她把嘴巴闭得紧紧的,还是得把话说透。

"忘掉你听说过托尼·莫雷利这个名字,明白吗?"

"可是我一点也不介意呀,托尼。我的心胸很开阔。认识一个罪犯对我来说挺刺激的。你不必觉得羞耻。"

这个荒唐的小白痴。他冷冷地注视着她,纳闷这一刻自己为何还会被她的美貌吸引。他从来无法开心地忍受傻瓜,哪怕是有漂亮脸蛋的傻瓜。

"忘掉托尼·莫雷利。"他冷冷地说,"我是认真的。再也不要提起这个名字。"

他必须脱身,只能如此。不能指望这个女人保持沉默。她想说的时候随时会说。

她在对他微笑——迷人的微笑,但他不为所动。

"别这么凶嘛。下礼拜带我去贾罗的舞会吧。"

"我去不了。我要走了。"

"你不能在我生日聚会之前走。你不能让我失望。我还指望你呢。不要说不。我刚得过讨厌的流感,病得很厉害,现在身体还很虚弱。我不能生气。你必须来。"

他本可以坚持立场。他本可以抛下一切——马上离开。

相反，他透过一扇开着的门看见艾丽斯从楼上走下来。艾丽斯，身材挺拔苗条，有着白皙的面孔、黑色的头发和灰色的眼睛。艾丽斯的容貌比罗斯玛丽逊色很多，却有罗斯玛丽永远学不会的特质。

那一刻，他恨自己竟然成了罗斯玛丽那浅薄的魅力的牺牲品，无论程度有多小。他感觉自己就像罗密欧初次见到朱丽叶时想起了罗瑟琳。

安东尼·布朗改了主意。

瞬间，他决定采取完全不同的行动。

第四章　斯蒂芬·法拉第

斯蒂芬·法拉第想着罗斯玛丽——她的形象时常出现在他的脑海中，每次都让他无比惊诧。通常，这些思绪一浮现，他就立刻将它们驱散，但有的时候，死后的她和生前一样固执，拒绝被他如此专横地打发走。

每当回想起饭店里的那一幕，他的第一反应都是迅速地打个激灵。至少他不需要再想这个了。他的思绪回到更早以前，罗斯玛丽生前，罗斯玛丽的微笑、呼吸、凝视他的眼睛……

好傻——他当时真是傻到家了！

惊愕之情笼罩着他，纯粹的迷惑和惊愕。那一切是怎么发生的？他实在搞不懂。他的生命似乎被分割成两部分：一部分，较大的部分，理智平衡地前进着；另一部分则持续着非典型的疯狂。这两部分完全无法协调。

无论斯蒂芬有多么聪明、能干、精明，都没有感知到它们实则十分相称。

有时，回首往事，冷静地评价，不感情用事，他也会感到一种欣喜和自得。很小的时候他就立志出人头地，尽管遇到过困难，早期有些不利条件，他还是成功了。

他一向怀着纯粹的信念和观点。他相信意志力。有志者事竟成！

小斯蒂芬·法拉第坚定地培养自己的意志力。除了自身的努力，生活中他几乎得不到任何帮助。一个面色苍白的七岁小男孩，有着好看的额头和坚定的下巴，决定有朝一日飞黄腾达。他已经知道父母对他毫无用处。母亲嫁给了身份低微的男人，也后悔了。父亲是个小个子包工头，精明、狡猾、爱财如命，被他的太太和儿子瞧不起……至于他的母亲，则稀里糊涂、漫无目的、情绪变化无常，斯蒂芬一直为此困惑不解，直到有一天，他发现她瘫倒在桌脚，一个空古龙香水瓶从她手中掉落。他从来没想到过母亲的喜怒无常是酒精造成的。她从没喝过烈酒，也没喝过啤酒，她含糊地解释过她对古龙香水的喜爱是因为头疼，他从来没有怀疑过其实另有原因。

那一刻，他意识到自己对父母没什么感情。他还强烈怀疑他们也不怎么爱他。他比同龄人个子矮，不爱说话，有点口吃。父亲说他是个"娘娘腔"。他是个乖孩子，很少在家里惹事，可父亲宁可要一个更吵闹的孩子。"我在他这个年龄时特别调皮。"有时候，看着斯蒂芬，父亲会不安地感觉到自己的社会地位比妻子低——斯蒂芬更像她家的人。

斯蒂芬的决心越来越大，他默默地制订人生计划。他想成功。作为对意志力的第一次考验，他决定克服口吃的毛病。他练习慢慢地讲话，字与字之间略微停顿一下。最后，他成功了，不再口吃了。在学校，他专心听讲。他想接受良好的教育，只有受过良好的教育才能有所成就。很快，老师们对他产生了兴趣，不断鼓励他。他拿到了一笔奖学金。教育官员找到他的父母——这个孩子有前途。法拉第先生从一排豆腐渣房子中捞了一大笔钱，被说服用在投资儿子的教育上。

二十二岁那年，斯蒂芬以优异的成绩从牛津大学毕业，被人们誉为机智优秀的演说家,且深谙著文之道。他还结交了一些有用的朋友。他对政治感兴趣。他克服了天生的羞怯,培养出极好的社交礼仪——谦虚、友好。见他这么出色,人们会说:"这个小伙子前途无量。"虽然他本人偏好自由党,但他知道,自由党已经没落了,至少暂时是这样。于是,他加入了工党。很快,他便以"有作为"的青年而闻名。然而,工党并不能满足斯蒂芬。他发现工党不太接受新观念,甚至比强大的对手更加墨守成规。另一方面,保守党在寻觅有前途的青年才俊。

他们认可斯蒂芬·法拉第——他正是他们想要的那种人。他在属于工党势力范围的选区参加竞选,并以微弱优势胜出。斯蒂芬得意扬扬地坐上了下议院议员的位子。他的职业生涯开始了,他选择了正确的职业。他可以在这个工作中发挥出全部的能力,投入所有的野心。他感觉自己有能力统治,而且能统治得很好。他有操纵人的天赋,知道何时应该奉承,何时应该反对。他发誓,有一天,他要进入内阁。

然而,进入下议院的兴奋劲退去后,他立刻体会到了幻灭的滋味。艰苦的选举将他置于聚光灯下,而如今,他的生活落入俗套,他不过是一个无足轻重的普通议员,守在自己的位置上,对党鞭俯首帖耳。无名小辈要脱颖而出并非易事。年轻人在这里会被人怀疑、看不上。需要个人能力之外的东西。需要权势。

有几家特定的家族,与利益息息相关,他必须获得资助。

他想到了婚姻。以前他几乎从没考虑过这个问题。他的脑海中有一个模糊的画面:一个端庄的女人和他手牵手站在一起,分享他的生活和野心;她会给他生孩子,卸掉他的思想包袱,为他消除困惑;这个女人与他感同身受,渴望他成功,同时在他获得成功后,为他骄傲。

一天，他参加在基德明斯特公馆举行的盛大宴会。基德明斯特是英格兰最有势力的家族，并且一直参与政治。基德明斯特爵士威严、高大且优雅，无论走到哪里都会被人认出来。基德明斯特夫人那张如摇摆木马般的大长脸则经常出现在全英格兰各个委员会的公共讲台上。他们有五个女儿，其中有三个挺漂亮，还有一个在伊顿读书的儿子。

基德明斯特夫妇重视且鼓励有前途的年轻党员，因此法拉第收到了邀请。

来宾中他认识的人不多，到了之后他就在一扇窗前独自站了大约二十分钟。茶桌旁的人群渐渐散去，进入其他房间时，斯蒂芬注意到一个穿黑衣服的高个女孩独自站在桌旁，表情有些茫然无措。

斯蒂芬·法拉第认脸的能力很强。早上乘地铁时，他捡起了一个女乘客丢掉的一份《家庭闲话》杂志，不无愉快地瞄了一眼，上面有一张模糊的亚历山德拉·海尔小姐的照片，她是基德明斯特伯爵的三女儿。照片下面有一小段关于她的八卦文字——"……一向害羞、孤僻——喜爱动物——亚历山德拉小姐修习过家政课程，基德明斯特夫人相信她的女儿们能胜任家政的各个方面。"

站在那里的就是亚历山德拉·海尔小姐，身为一个天性害羞的人，斯蒂芬一眼便知她也害羞。亚历山德拉是五个姊妹中最平凡的一个，一直为自卑所苦。她和姊妹们接受了同样的教育和培养，却从未学到她们的手腕①，这令她的母亲很气恼。桑德拉必须努力——如此笨拙、不善交际，这太荒唐了。

---

①此处原文为法语。本书中有多处法语，全部用仿宋表示。

斯蒂芬并不知道这些,但他知道这个女孩不自在、不快乐。突然,他有了一个强烈的念头。他的机会来了!"抓住这个机会,你这个傻瓜,抓住它!机不可失,时不再来!"

他穿过房间,走到长餐桌旁,站在女孩身边,拿起了一个三明治,然后,转过身,紧张且费力地(不是装的,他真的很紧张!)说:"我说,你介意我跟你聊天吗?我在这儿认识的人不多,我看得出来你也一样。不要冷落我。其实,我特别害——害——害羞"(很多年前口吃的毛病犯了,而且在这个恰当的时刻),"而且——而且我认为你也很害——害——害羞,对不对?"

女孩的脸红了——她张开了嘴巴,不过正如他所料,她说不出话来。要说出"我是这家的女儿"太难了。相反,她平静地承认:"事实上,我——我确实很害羞。一直都是。"

斯蒂芬急忙接下去:"害羞真是一种很可怕的感觉,我不知道能否克服。有的时候我感觉舌头像打了结。"

"我也是。"

他继续说,语速相当快,稍微有点结巴,他的样子很男孩子气,也很迷人。这是他几年前的自然状态,现在他在有意识地保留并加以培养。这种年轻、天真的态度可以消除他人的敌意。

他很快将话题引入戏剧,提到一部正在上演且引起很多人兴趣的戏。桑德拉看过了。他们讨论起来。这部戏涉及社会服务的问题,他们很快就这些问题深入讨论起来。

斯蒂芬没有做得太过分。他看到基德明斯特夫人走进房间,四处寻找她的女儿。他没打算现在就被引见。他轻声向桑德拉道别。

"很高兴跟你聊天。发现你之前,我真的很讨厌这场聚会。谢谢你。"

他兴奋地离开了基德明斯特公馆。他把握住了这次机会,接下来要进一步巩固他的成果。

此后的几天,他经常在基德明斯特公馆附近出没。有一次他看到桑德拉跟她的一个妹妹出门。还有一次她虽单独出门,但脚步匆忙。他摇摇头。不行,显然,她是去赶赴某个特定的约会。宴会后大约一个礼拜,他的耐心得到了回报。一天早晨,她牵着一只黑色的苏格兰小狗出门,迈着悠闲的步子向公园走去。

五分钟后,一个年轻男子快步从对面走过来,突然在桑德拉面前站住。

他开心地喊道:"哎呀,我的运气真好!我还怀疑再也见不到你了呢。"

他的语调那么愉快,她的脸微微泛红。

他弯下身去摸小狗。

"多可爱的小家伙呀。它叫什么名字?"

"马克达维西。"

"啊,很苏格兰。"

他们聊了一会儿狗。然后斯蒂芬带着一丝尴尬说:"那天我没告诉你我的名字。我叫法拉第,斯蒂芬·法拉第。我是一个籍籍无名的下议院议员。"

他用询问的目光看着她,看到两团红晕爬上了她的脸,她说:"我是亚历山德拉·海尔。"

他的反应恰到好处,仿佛又回到了牛津大学戏剧协会。惊讶、确认、慌张、尴尬!

"啊,你是——你是亚历山德拉·海尔小姐——你……天哪!那天你一定认为我是个大傻瓜!"

她的回答完全可以预料到。在教养和善良天性的束缚下,她会尽力让他放松、安心。

"我当时应该告诉你的。"

"我本该知道的。你一定认为我是个呆子!"

"你怎么会知道呢?再说这又有什么关系?法拉第先生,拜托,不要心烦了。我们去蛇形湖吧。你看,马克达维西在拽我呢。"

这天之后,他又在公园里碰见过她几次。他给她讲他的抱负,一起讨论政治话题。他发现她很聪明,见多识广且富有同情心。她很有头脑,毫无偏见,他们已经是朋友了。

接着进一步发展的机会来了,他再次受邀参加在基德明斯特公馆举行的宴会和舞会,因为最后一刻,一位男士来不了了。基德明斯特夫人正绞尽脑汁想邀请谁好时,桑德拉轻声说:"斯蒂芬·法拉第怎么样?"

"斯蒂芬·法拉第?"

"是的,他参加过你的宴会,后来我又碰见过他一两次。"

基德明斯特夫人跟她的丈夫商量了一下,后者很乐意鼓励政界的可造之材。

"他是个出色的年轻人——非常出色。虽然从来没听说过他的家人,但用不了多久,他就会出人头地。"

斯蒂芬来了,而且表现得很好。

"我想我需要认识一下这个有用的年轻人。"基德明斯特夫人带着惯有的傲慢说。

两个月后,斯蒂芬让他的运气经受了一下考验。他们坐在蛇形湖旁,马克达维西的头搭在桑德拉的脚上。

"桑德拉,你知道——你肯定知道我爱你。我希望你嫁给我。我相信有一天我能出人头地,不然我是不会向你求婚的。我确信会有那么一天。你不会为你的选择感到羞耻的,我发誓。"

她说:"我不感到羞耻。"

"这么说,你真的在乎我?"

"你不知道吗?"

"我希望是这样,但是我不确定。你知道吗,那天看见你在房间的另一头,我就隔着一个房间爱上了你,于是我鼓足勇气走过去跟你说话。我这辈子从来没有那么紧张害怕过。"

她说:"我想那时我也爱上了你……"

一切并非一帆风顺。桑德拉平静地宣布她要跟斯蒂芬·法拉第结婚,但立即遭到了家人的反对。他是谁?他们对他了解多少?

斯蒂芬对基德明斯特爵士坦白交代了自己的身世。有个念头一闪而过,父母双亡对他的前途有利。

基德明斯特爵士对他太太说:"嗯,可能更糟糕。"

他很了解他的女儿,知道她平静的态度背后隐藏着不屈的决心。只要她下定决心拥有这个小子,就能拥有他。她绝不会让步!

"这个小子有前途,稍微支持一下就会大有作为。也许我们能接受这个年轻人,他看起来是个体面的家伙。"

基德明斯特夫人勉强同意了。这个女婿完全不合她的心意。不过,桑德拉是家里的难题。苏珊是个美人,艾斯特有头脑。黛安娜,聪明的孩子,嫁给了年轻的哈维奇公爵——这个时代最理想的配偶。桑德拉当然没她们有魅力——她还有羞怯的毛病——如果这个年轻人像大家认为的那么有前途……

她让步了,喃喃道:"当然啦,还是可以利用一下家里的影响力嘛……"

于是，无论是好是坏，亚历山德拉·凯瑟琳·海尔披上了用缎子和布鲁塞尔蕾丝制成的婚纱，在六个伴娘和两个小花童的陪伴下，与斯蒂芬·里欧纳·法拉第举行了一场应有尽有的新潮婚礼。他们去意大利度蜜月，回来后住进一幢位于威斯敏斯特的可爱的小房子。不久后，桑德拉的教母去世，留给她一幢非常漂亮的、安妮女王风格的郊外宅邸。对这对新婚夫妇来说，一切都很顺利。斯蒂芬重又充满热情地投入到议会生活中，桑德拉在各方面帮助他、支持他，全心全意地认同他的雄心壮志。有时候，斯蒂芬几乎不敢相信上天竟然如此眷顾他！他与基德明斯特派的联姻保证了他的青云直上，他自身的聪明才智又巩固了机会为他促成的地位。他真心相信自己的能力，并准备不遗余力地为国家利益服务。

每每注视着桌对面的太太，他都会高兴地想，真是个贤内助啊——和他想象中的一样。他喜欢她脖颈处可爱洁净的线条，以及两道直眉下淡褐色的、真诚的眼睛。白皙高耸的前额，略带傲气的鹰钩鼻。他想，她看起来很像一匹赛马——如此干净整洁、如此有教养，又如此骄傲。他发现她是个理想的伴侣，他们的思考方式相似，并能很快得出相同的结论。他想，是的，斯蒂芬·法拉第，那个郁郁寡欢的小男孩，成功了。他的人生轨迹完全如他所愿。他才三十一二岁，成功已尽在掌握。

怀着胜利与满足的心情，他和太太去圣莫里茨度了两个星期假。就在那里，在饭店的酒吧间，他看见了远处的罗斯玛丽·巴顿。

他一直没想明白那一刻他到底是怎么了。他对另一个女人说过的话通过一种诗意的复仇方式成真了。他隔着一个房间坠入了爱河。他深深地、不可阻挡地、疯狂地爱上了她。是那种一头栽进去、不顾一切的少男少女之间的爱情，很多年前他就应该经历过并已经忘却的牛犊恋。

他一直认为自己不是一个有激情的男人。一两次短暂的风流韵事，温和的调情，对他来说就是"爱"的全部意义。肉体的欢愉对他没有吸引力。他告诉自己，那种事太难取悦他。

要是被问到他是否爱他的太太，他一定会回答"当然"。然而，他知道，他很清楚地知道，如果她是一个一文不名的乡绅的女儿，他绝不会娶她。他喜欢她、钦佩她，对她怀有很深的感情，同时也很感激她的地位带给他的一切。

他竟然像个乳臭未干的毛头小子一样纵情且痛苦地坠入了爱河，这完全出乎他的意料。他满脑子想的都是罗斯玛丽。她漂亮的笑脸、栗色的秀发、摇曳撩人的身姿。他吃不下饭，睡不着觉。他们一起滑雪，一起跳舞。把她揽在怀中时他知道，这个世界上，他最想拥有的就是她。这么说，这种痛苦，这种渴望憧憬的痛苦——就是爱了！

即使在他全情投入时，他也庆幸命运之神赐予了他天生的泰然风度。没有人猜得到，也没有人知道他的感受——除了罗斯玛丽。

巴顿夫妇比法拉第夫妇早一个星期离开。斯蒂芬对桑德拉说，圣莫里茨不太好玩，我们缩短假期，提早回伦敦怎么样？她欣然同意了。回来两个礼拜后，他成了罗斯玛丽的情人。

那是一段狂喜、兴奋的诡异时期——狂热、虚幻。持续了多久？最多六个月。在那六个月里，他像平常一样工作，拜访选民，在议院里提问，在各种会议上发言，跟桑德拉讨论政治，心里却只想着罗斯玛丽。

他们在那间小公寓里幽会，她的美貌，他表现出的热恋和激情以及她黏人激情的拥抱。一个梦，一个充满肉欲、令人神魂颠倒的梦。

做完梦,他清醒了。

很突然。

如同出了隧道,来到阳光下。

今天,他还是一个迷茫的情夫,第二天,他就又变回了斯蒂芬·法拉第,决定不该过分频繁地跟罗斯玛丽见面。真见鬼,他们一直在冒极大的风险。万一桑德拉起了疑心——早餐时他偷偷瞄了桌旁的她一眼,谢天谢地,她没有怀疑。她毫不知情。但他近来外出的借口太容易被识破了,换成有些女人,肯定会感觉情况不妙。感谢上帝,桑德拉不是一个疑神疑鬼的女人。

他深吸了一口气。他和罗斯玛丽真是不计后果!她丈夫不知道这事也是个奇迹。一个毫不知情的愚蠢的家伙——比她大很多岁。

她真是个尤物……

他突然想起了高尔夫球场。新鲜的空气吹过沙丘,拿着球杆走来走去——挥动一号木——干净利落的一记开球——五号杆近距离击球。男人们。穿着灯笼裤的男人们。女人不准出现在高尔夫球场上!

他突然对桑德拉说:"我们去费尔黑文,好不好?"

她惊讶地抬起头。

"你想去?走得开吗?"

"可以抽一个星期中间的那几天去。我想打打高尔夫。实在是闷坏了。"

"你愿意的话,我们明天就去。不过就得推迟和阿斯特利夫妇见面的日子,我还得取消礼拜二的那个会。和拉瓦特夫妇的约会怎么办?"

"哦,也取消吧。我们可以找个借口。我想出去散散心。"

和桑德拉在费尔黑文的日子很平静。露台上的狗狗们,去带围墙的古老花园游览,到山德里奚斯的高尔夫球场,傍晚带着马克达维西去农场散步。

他感觉自己像个大病初愈的人。

看到罗斯玛丽的来信,他皱起了眉头。他告诉过她不要写信。太危险了。桑德拉从不过问谁给他写信,即便如此,这也不是明智之举。仆人们不可靠。

他把信拿进书房,有点生气地撕开信封。几页纸,好几页全是字。

读着读着,旧日销魂的感觉再次向他袭来。她很爱他,比以往更爱他,她无法忍受整整五天见不到他。他有同样的感受吗?"豹"想不想他的"古实人"?

他半微笑,半叹气。他给她买了一件她很想要的带波点的男式晨袍,荒谬的笑话就此诞生。豹子改变身上的斑点,他说:"而你不能改变自己的皮肤,亲爱的。"此后,她便叫他"豹",他则叫她"黑美人"。①

蠢透了,真的。是的,蠢透了。她真贴心,写了这么多页。但即便如此也不该写信。该死,他们应该谨慎一点!桑德拉不是那种受得了这种事的女人。一旦她发现苗头——写信很危险。他这么告诉过罗斯玛丽。为什么就不能等他回城了再说?该死,过两三天他要见她。

第二天早上,又有一封信摆在早餐桌上。这次,斯蒂芬小声骂了一句。他认为桑德拉的目光在信上停留了一两秒,但她什么都没说。谢天谢地,她不是那种过问男人信件的女人。

---

① 典故出自《圣经·耶利米书》中的一句:"古实人岂能改变皮肤呢?豹岂能改变斑点呢?若能,你们这习惯行恶的便能行善了。"古实人就是埃塞俄比亚人。

早餐后,他开车去八英里外的集镇。不能在村子里打电话。罗斯玛丽接了电话。

"喂——是你吗,罗斯玛丽?不要再写信了。"

"斯蒂芬,亲爱的,听到你的声音真是太好了!"

"小心点,有没有人会听到?"

"当然没有。哦,我的天使,我想你了。你想我吗?"

"想,当然想。不过,别写信。太危险了。"

"你喜欢我的信吗?有没有让你感觉和我在一起?亲爱的,我每时每刻都想跟你在一起。你也有这种感觉吧?"

"是——但别在电话里说,老兄。"

"你简直谨慎到了荒唐的地步。这又有什么关系呢?"

"我也一直想你,罗斯玛丽。我无法忍受你因为我惹上麻烦。"

"我不在乎我会怎样,你知道的。"

"呃,我在乎,甜心。"

"你什么时候回来?"

"礼拜二。"

"那我们公寓见,礼拜三。"

"好——呃,好的。"

"亲爱的,我快等不及了。你能找个借口今天就来吗?哦,斯蒂芬,你可以的!政治之类的无聊的借口?"

"恐怕不能。"

"我觉得你想我还不到我想你的一半。"

"胡说,我当然想你。"

挂断电话后他觉得很累。为什么女人总是坚持这样不顾后果?以后他和罗斯玛丽要加倍小心,必须少见面。

后来事情变得很棘手。他很忙——非常忙,不可能再给罗斯玛丽那么多时间了——讨厌的是,她似乎理解不了。他跟她解释,但她就是不听。

"啊,你那愚蠢的政治——好像有多么重要似的!"

"的确是很重要——"

她不明白。她不在乎。她对他的工作、他的雄心、他的事业丝毫不感兴趣。她只想听他一遍又一遍地说爱她。"你跟以前一样爱我吗?再说一遍你真的爱我?"

当然,他想,她可能想当然地认为他爱她!她是个漂亮女人,漂亮——但问题是,你没法跟她说话。

他们见面的次数太频繁了,婚外情不该如此狂热地进行。他们必须减少见面次数——稍微松点劲儿。

但这令她不满——非常不满。她开始频繁责备他。

"你不像从前那么爱我了。"

然后他不得不向她保证,向她发誓,他当然还是一样地爱她。她不断提起他曾经对她说过的话。

"记不记得你曾经说过,如果我们俩一起死该有多好?在彼此的怀抱里长眠?记不记得你曾经说过,我们应该乘上一辆拖车,一起去沙漠?只有星星和骆驼——忘掉世间的一切?"

人在恋爱时说的话真傻!当时不觉得有多蠢,但冷静之后再提起就显得很愚蠢了!女人为什么就不能体面地顺其自然呢?男人不想听人不断地提醒他曾经有多蠢。

她突然提出不合理的要求。他能不能出国,去法国南部,然后她再去那里找他?或者去西西里、科西嘉什么的——这种永远不会碰到熟人的地方?斯蒂芬冷冷地说,世界上没有这种地方。你总是会在最不可能的地方碰到某个多年不见的老同学。

后来她说的一句话吓到了他。

"哦,这也没什么,不是吗?"

他变得警觉起来,心一下子冷了。

"你什么意思?"

她面带微笑,抬头看着他,这迷人的微笑曾经搞得他神魂颠倒、全身的骨头都在渴望——现在却只让他不耐烦。

"豹子,亲爱的,有时候我想,再这样偷偷摸摸下去太蠢了。有点不值得。我们私奔吧,别再装了。乔治会跟我离婚,你太太也会跟你离婚,我们就可以结婚了。"

就是这样!灾难!毁灭!她竟然看不出来!

"我不会允许你做这种事的。"

"可是,亲爱的,我不在乎。我真的不是一个传统的人。"

但我是,我是,斯蒂芬心里想。

"我真的认为爱情是世上最重要的东西。别人怎么看我们不重要。"

"对我来说很重要,亲爱的。这种丑事一旦公开,我的事业就完了。"

"但那真的很重要吗?你还有很多事可以做。"

"别傻了。"

"你干吗不什么事都不做呢?我有很多钱,你知道。我自己的钱,我是说,不是乔治的钱。我们可以周游世界,去最偏僻、最迷人的地方——可能任何人都没去过的地方。或者到太平洋的某个岛上——你想想看,艳阳、蓝色的大海,还有珊瑚礁。"

他确实想了一下。南海的一个岛!这白痴的念头,她把他当什么人了——海滨拾荒者吗?

他看着她,最后一丝留恋也消失了。好好一个美人长了个母鸡脑子！他之前一定是疯了——彻彻底底地疯了。但现在他又恢复了理智。他必须摆脱这个困境。一个不小心，她就会毁掉他的整个生活。

他说了在他之前很多男人说过的话。他们必须一刀两断——于是，他提笔给她写信。只有这样对她才是公平的。他不能冒险给她带去不幸。她不明白——诸如此类的。

一切都结束了，他必须让她明白这一点。

然而这正是她拒绝明白的。没那么容易。她爱慕他，比以往更爱他，没有他，她活不了！她认为唯一该做的是，她把实情告诉她丈夫，斯蒂芬把实情告诉他太太！他想起他坐在那里，手里拿着她的信时所感受到的寒冷。小傻瓜！这个愚蠢黏人的傻瓜！她会把一切都告诉乔治·巴顿，然后乔治会跟她离婚，把他列为共同被告。桑德拉也一定会跟她离婚，对此他毫不怀疑。她曾谈起过一个朋友，有点惊讶地说："不过，当然了，当她发现他和另一个女人有染时，除了跟他离婚还能怎样？"这就是桑德拉的想法。她很骄傲，绝不会跟另一个女人分享一个男人。

然后，他就完了，毁了——基德明斯特这个有权有势的靠山倒了。这种丑闻会让他翻不了身，即使舆论比过去更开放了。但这种不能容忍的事不行！再见了，他的梦想、他的抱负。一切都破碎了、毁灭了——一切都是因为他疯狂地迷恋上一个傻女人。这一切不过源自一场虚假的初恋，在错误的人生阶段发生的初恋。

他会失去他押上的一切。失败！耻辱！

他会失去桑德拉……

突然，他惊愕地意识到，这才是他最在乎的。他会失去桑德拉。有着方正、白皙的额头和清澈的淡褐色眼睛的桑德拉。桑德拉,他亲爱的朋友和伴侣,自大、骄傲、忠诚的桑德拉。不,他不能失去桑德拉——不能……什么都可以失去,就是不能失去她。

他的额头冒出了冷汗。

他必须想办法摆脱这个狼狈的处境。

他必须设法说服罗斯玛丽……可是,她会听吗?罗斯玛丽和理智合不来。假设他告诉她,他终究还是爱他太太呢?不,她肯定不相信。她是那么笨的一个女人。没头脑、黏人、占有欲强,而且她还爱着他——伤脑筋的地方就在这里。

他的心头腾起一股怒火。怎样才能让她保持沉默呢?封住她的嘴。除了一剂毒药,没别的法子了,他恶狠狠地想。

一只黄蜂在附近嗡嗡叫,他心不在焉地盯着它看。它飞进一个雕花玻璃的果酱瓶里,正想办法飞出来。

和我一样,他想,因为甜蜜的东西而陷入困境,现在,它出不去了,可怜的东西。

而他,斯蒂芬·法拉第必须设法脱身。时间,他必须拖延时间,等待有利时机。

恰在此时,罗斯玛丽患了流感,卧病在床。他送去传统的慰问——一大束鲜花。这给了他一个喘息的机会。下个星期,他和桑德拉要跟巴顿夫妇一起进餐——罗斯玛丽的生日聚会。罗斯玛丽说过:"生日之前,我什么都不会做——这对乔治太残忍了。他为了我的生日忙得不亦乐乎。他真是个可爱的人。等这一切都结束了,他会理解我的。"

假设他残忍地告诉她一切都结束了,他不喜欢她了呢?他打了个哆嗦。不,他可不敢这么做。她可能会歇斯底里地跑去找乔治,甚至可能来找桑德拉。他都能听到她流着眼泪、困惑地哭诉。

"他说他不喜欢我了，但我知道这不是真的。他只是尽力忠诚——跟你玩游戏——但我知道你会同意我的说法，人们相爱时，诚实是唯一之道。这就是为什么我要你给他自由。"

她肯定会吐出这些令人作呕的话。桑德拉则会面露骄傲和轻蔑之色，说："他可以拥有他的自由！"

她不会相信——她怎么会相信呢？如果罗斯玛丽拿出那些信——那些他蠢到极点才写给她的信，天知道他在信里都说了些什么。这绝对足以让桑德拉相信，他可从来没给她写过这样的信——

他必须想出一个办法——让罗斯玛丽保持沉默的办法。可惜，他冷酷地想，我们没生活在波吉亚家族那个年代……①

一杯下了毒的香槟几乎是唯一能让罗斯玛丽保持沉默的东西。

是的，他真的这么想了。

把氰化钾放进她的香槟酒杯里，把氰化钾放进她的晚宴包里。流感引起的精神抑郁。

桌子那头，桑德拉的目光与他的相遇。

大约一年前——他忘不了。

---

① 波吉亚家族（Borgias）是一个意大利－西班牙皇室家族，在十五到十六世纪十分强大。家族中诞生了两位教皇，卡利特斯特三世（Pope Callixtus III）和亚历山大六世（Pope Alexander VI）。亚历山大六世在位期间此家族涉嫌多起犯罪，包括通奸、盗窃、买卖圣职、贿赂和谋杀，用砷化物毒杀尤为著名。

第五章　亚历山德拉·法拉第

桑德拉·法拉第没有忘记罗斯玛丽·巴顿。

此刻她正想着她——想着那天晚上，餐厅里，她倒在桌子上。

她记得当时她倒吸了一口凉气，抬起头时，发现斯蒂芬正看着她……

他看出了她眼中的真相吗？看出了憎恨和夹杂着恐惧的胜利吗？

过去快一年了，但她脑海中的记忆还新鲜如昨！迷迭香，是为了帮助回忆。太恐怖了，真是这样。一个死了的人还活在你的记忆里可不是什么好事。罗斯玛丽就是这样。活在桑德拉的记忆里——也活在斯蒂芬的记忆里吗？她不知道，但她认为可能性很大。

卢森堡餐厅——那个可恨的地方有顶好的食物、迅捷的服务和豪华的装修。一个避不开的地方，总有人邀请你去那里。

她很想忘记，但一切合谋让她铭记。就连费尔黑文也无法幸免，乔治·巴顿住进了小官府。

他真的超乎寻常。总的来说，乔治·巴顿是个怪人，完全不是她喜欢的那种邻居。在她看来，他的到来破坏了费尔黑文的魅力与宁静。这个夏天之前，费尔黑文一直是个休养地，她和斯蒂芬幸福生活的地方。但他们幸福过吗？

她紧抿双唇。是的，一千个"是的"！要是没有罗斯玛丽，他们会很幸福。罗斯玛丽摧毁了她和斯蒂芬基于互信与柔情携手共建起来的脆弱的精神大厦。某种东西，某种直觉，命令她不要让斯蒂芬看到她的激情，她的全情投入。自从那天在基德明斯特公馆，他假装害羞，假装不知道她是谁，穿过房间找她聊天的那一刻起，她就爱上了他。

但他知道她是谁，她说不好到底是什么时候接受这一事实的。他们结婚后不久吧。有一天，他跟她解释，为了通过某项法案，必须采取干净利落的政治手段。

当时有个念头在她的脑子里一闪而过：这让我想起了一件事。什么事呢？后来她想起来了，其实，这和那天他在基德明斯特公馆所采用的策略如出一辙。她没有惊讶，而是平静地接受了这个事实，好像早就知道了似的，其实，她才刚刚意识到这一点。

从结婚那天起，她就意识到，他爱她和她爱他的方式不同。不过，她想，可能他真的没有能力这样爱。那种爱的力量是她命中注定的不幸。不顾一切地喜欢，她知道，这样的强度在女人中很少见！她情愿为他去死；她乐意为他撒谎，为他搞阴谋，为他受苦！另一方面，她骄傲且沉默地接受了他希望她填补的位置。他需要她的合作、她的同情心，她积极且智慧的帮助。他想要的不是她的心，而是她的头脑，以及她与生俱来的显著优势。

有一件事她绝不会做，那就是对他表现出爱慕，这会让他难堪，因为他无法给予等量的回报。她真心相信他喜欢她，很高兴有她为伴。她能预见到，会有一天，她的负担将无限减轻——一个充满柔情和友谊的未来。

她想，他在以他自己的方式爱着她。

后来，罗斯玛丽出现了。

有的时候，她痛苦地撇着嘴想，他怎么会以为她不知道。从第一分钟起她就知道——在圣莫里茨，她第一次看到他看那个女人的眼神。

当天她就知道，那个女人会成为他的情妇。

她知道那个女人用的香水的味道……

她能从斯蒂芬礼貌的表情、出神的目光中看出他在回忆什么，他在想什么——是那个女人，那个他刚刚离开的女人！

她平心静气地想，她所经历的痛苦难以估计。一天天忍受折磨，除了信念——她天生的骄傲——没有什么能支撑她走下去。她不会表露情绪，永远不会表露情绪。她的体重减轻了，更瘦了，脸色更苍白了，皮肉紧绷在突出的头骨和肩胛骨上。她强迫自己吃东西，但无法强迫自己睡觉。漫漫长夜，她躺在床上，干涩的双眼凝视着黑夜。她鄙视吃药，认为那是脆弱的表现。她要坚持下去。哀求、抗议，表现出一副很受伤的样子——这些都令她厌恶。

她只有一份安慰，少得可怜——斯蒂芬不会想离开她的。即使是为了他的事业，不是因为喜欢她，那也是坚固的事实。他不想离开她。

也许，有一天，他对她的迷恋会过去……

毕竟，他看上那个女人的什么了呢？她漂亮、迷人——但其他的女人也一样。他在罗斯玛丽·巴顿身上发现了什么令他着迷的东西？

她没有头脑，愚蠢，而且不——她尤其喜欢抓住这一点——不太有趣。要是她机智、有魅力、善于挑逗——这些才是能钩住男人的东西。桑德拉坚信这件事会过去——斯蒂芬会厌倦的。

她相信他这辈子的主要兴趣在事业上。他注定是个干大事的人，他自己也知道。他有政治家的头脑，而且很乐于使用它。这是他一生既定的事业。一旦迷恋的感觉开始减弱，他就肯定会意识到这个事实吧？

桑德拉一分钟都没考虑过离开他，她从来就没有过这个念头。她是他的，灵与肉都是他的，无论他想要，还是想丢。他是她的生命、她存在的意义。爱火以一股中世纪的力量在她心头燃烧。

也有过让她满怀希望的时刻。他们去费尔黑文时，斯蒂芬似乎更像平日的他了。她突然感觉昔日他们之间的关怀又回来了，她的心中升起了希望。他还想要她，喜欢她的陪伴，依赖她的判断。他暂时逃离了那个女人的魔爪。

他看起来更快乐、更像他自己了。

事情并没有糟糕到无法挽回的地步。他正在恢复，要是他能下定决心跟她断绝来往……

回到伦敦后，斯蒂芬故态复萌。他憔悴、担忧、满脸病容，并且开始无法专心工作。

她想她知道原因何在。罗斯玛丽想让他跟她一起私奔……他正在下决心迈出那一步，放弃他最在乎的一切。愚蠢！疯狂！他是那种永远把事业放在第一位的男人，典型的英国男人。他肯定知道这一点，在他的内心深处——是的，但罗斯玛丽很漂亮——也很愚蠢。斯蒂芬不会是第一个为了女人抛弃事业，又后悔的男人！

桑德拉偷听到了只言片语——在一个鸡尾酒会上。

"……告诉乔治——我们必须下定决心。"

那之后不久，罗斯玛丽就染上了流感。

桑德拉心里又有了一线希望。如果她得了肺炎——流感很容易引发肺炎——去年冬天，她有一个年轻的朋友就是这么死的。如果罗斯玛丽死了——

她没有极力遏制这种想法，也没有因此反感自己。她足够老派，可以不间断、无忧虑地憎恨。

她恨罗斯玛丽·巴顿。如果念头可以杀人，她早就杀死她了。

然而，念头不能杀人——光有念头还不够……

那天晚上，在卢森堡餐厅的化妆间，罗斯玛丽斜披着一件银狐皮大衣，那么美丽。生过病之后她更瘦了，脸色更苍白——娇弱的气质让她的美显得越发超凡脱俗。她正站在镜子前补妆……

桑德拉在她身后，看着镜子里交叠的脸孔。她自己的脸如雕像一般冰冷，没有生气。可以说无情——一个冷酷的女人。

然后，罗斯玛丽说："哦，桑德拉，我是不是占了整面镜子？我已经弄好了。可怕的流感害得我气色很差，我的样子简直不堪入目。身子虚得很，还头疼。"

桑德拉相当礼貌地关心道："今晚头还疼吗？"

"有一点。你带着阿司匹林吗？"

"我有一颗胶囊装的。"

她打开手袋，拿出胶囊。罗斯玛丽接了过去。"我先放包里，以防万一。"

那个能干的黑发女郎——巴顿的秘书——目睹了这场小小的交易。然后轮到她用镜子了，她只是稍微在脸上扑了点粉。她是一个好看的女孩，几乎可以说五官端正、体态健美。桑德拉觉得她不喜欢罗斯玛丽。

她们离开化妆间，桑德拉走在最前面，接着是罗斯玛丽，然后是莱辛小姐——哦，对了，还有那个叫艾丽斯的女孩，罗斯玛丽的妹妹，她当时也在。她显得特别兴奋，大大的灰眼睛，穿着女学生风格的白裙子。

她们走进大厅,加入到男士们中间。

领班急匆匆走过来,引导他们就座。一行人穿过一道巨大的圆形拱门,没有任何东西提醒他们——一丝一毫提醒都没有——罗斯玛丽再也无法活着走出这道门了……

第六章　乔治·巴顿

罗斯玛丽……

乔治·巴顿放下酒杯,表情严峻地凝视着炉火。

他喝的量恰好让他伤感自怜。

她曾经是多么可爱的一个女孩。他一直爱她爱得发狂。她知道,但他老觉得她只会嘲笑他。

他第一次开口向她求婚时,根本没什么信心。

他皱着眉头嘟囔,像个十足的傻瓜。

"你知道,姑娘,任何时候,只要你开口就行。我知道这样没用,你连看都懒得看我一眼。我一直是个大傻蛋,还有点肚子。但是,你一定知道我的心意,对不对?我的意思是,我一直在这里。我知道我一点机会都没有,但是我想,还是提一提吧。"

罗斯玛丽大笑起来,亲了一下他的脑门。

"你真可爱,乔治,我会记住你的好意,不过,我暂时不打算嫁给任何人。"

他严肃地说:"说得很对。多花些时间看看。任你挑选。"

他从来没抱任何希望——真正的希望。

这就是为什么当罗斯玛丽说要嫁给他时,他那么不敢相信、那么困惑。

当然,她没有爱上他。这一点他很清楚。事实上,她也承认了。

"你明白我是怎么想的吧？我想让生活安定下来，想有快乐和安全的感觉。我应该和你在一起。我对恋爱厌倦透顶。不知道怎么回事，老出岔子，结果一团糟。我喜欢你，乔治。你人好，挺有趣，温柔，而且你觉得我很棒。这就是我想要的。"

他语无伦次地回答："那就慢慢来。我们会像国王和王后一样快乐。"

怎么说呢，错得并不离谱。他们曾经很快乐。他一直很自卑。他总是对自己说，他们肯定会有潜在的麻烦，罗斯玛丽不会满足于他这种乏味的男人，一定会有"意外"发生！他让自己学会接受——"意外"！他坚信意外不会长久！罗斯玛丽一定会回到他身边，一旦他做好心理准备，就万事大吉了。

因为她喜欢他，她对他的感情持久不变。这种感情是脱离她的调情和风流韵事独立存在的。

他已经学会了接受这些事。他告诉自己，罗斯玛丽生性多情，再加上非凡的美貌，那种事不可避免。但他没预料到自己的反应。

跟这个那个小伙子调调情算不了什么，但是当他第一次知道她在正儿八经地搞婚外情的时候——

他发现得很快，因为感觉到她变样了。她极其兴奋，更爱打扮了，整个人容光焕发。接着，直觉告诉他的一切被丑陋具体的事实证实了。

那天，他走进她的起居室，正在写信的她本能地用手盖住信纸。他立刻明白了，她是在给她的情夫写信。

过了一会儿，她出去了，他走到吸墨纸旁。她把信拿走了，但吸墨纸上的字还在。他拿着吸墨纸走到房间的另一头，放在玻璃上——他看见了罗斯玛丽那潇洒的字迹写着:"我心爱的宝贝……"

他感觉血往上撞。那一刻他明白了奥赛罗的感受。① 明智的决断?哼!现在只有本性做主。他真想活活掐死她!再残忍地杀死那个小子。他是谁?那个叫布朗的家伙?还是斯蒂芬·法拉第?他们俩都朝她抛过媚眼。

玻璃上映出他的脸。他的双眼布满血丝,看样子要大发雷霆。

回想起那一刻的情景,杯子从乔治·巴顿的手中滑落。他又有了那种透不过气来的感觉。怒发冲冠。即使是现在——

他努力摆脱回忆。绝不能再回想了。已经过去了——结束了。他不会再受那种苦了。罗斯玛丽死了。死了,安息了。他也平静了。没有痛苦了……

想想她的死对他的意义真可笑。平静……

他从没对露丝说过这个。露丝是个好姑娘。她很有头脑。真的,没有她,他真的不知道该怎么办才好。她帮助他的方式、同情他的方式,从来没有一点性暗示。不像罗斯玛丽那样令男人疯狂……

罗斯玛丽……罗斯玛丽坐在餐厅的圆桌旁。得过流感后,她的两颊略显消瘦,气色也有点差——但还是漂亮的,很漂亮。而仅仅一个小时后——

不,他不会再去想那件事。至少现在不行。他的计划。他要考虑他的计划。

他先要找瑞斯谈谈,把信拿给他看。瑞斯会对那些信有什么

---

①莎士比亚的四大悲剧之一《奥赛罗》(*Othello*)中的主人公。将军奥赛罗凭借自身的丰富阅历赢得了苔丝狄蒙娜的心,但他怀疑苔丝狄蒙娜和自己的副将有奸情,这段爱情最终以悲剧收场。

看法？艾丽斯吓得目瞪口呆，她显然毫不知情。

好了，他已经掌控局面了。他已经对一切作出了判断。

那个计划。全安排好了。日期。地点。

十一月二日。万灵节①。不错。当然要在卢森堡餐厅，他还会尽量订同一张桌子。

还邀请那些客人——安东尼·布朗、斯蒂芬·法拉第、桑德拉·法拉第。还有，当然了，还有露丝、艾丽斯和他自己。单出来的第七个客人，他会邀请瑞斯，本来瑞斯就该出席那次晚宴。

还空出一个位子。

太妙了！

太戏剧化了！

罪案重现。

哦，算不上重现……

他的思绪回到了过去……

罗斯玛丽的生日……

罗斯玛丽，趴在桌子上——死了……

---

①万灵节（All Sowl's Day）是一个天主教节日，是纪念死者的节日，在墨西哥尤其特别，他们会举动各种庆祝活动，祝福已故的亲人。

第二部　万灵节

"迷迭香，是为了帮助回忆。"

第一章

卢西娜·德瑞克正在叽叽喳喳。家里人常用这个词，确实恰如其分地形容了从卢西娜亲切的嘴里发出的声音。

这个上午让她操心的事太多了，多得让她觉得很难专心做一件事。搬回城里的日子正在迫近，还有随之而来的各种家务。仆人、管理家务、冬储，等等，千头万绪——这一切都在与艾丽斯的忧虑之色作斗争。

"真的，亲爱的，我很为你担心……你的样子特别苍白憔悴……好像没睡觉一样——你睡觉了吗？要是睡不着，有怀利医生——还是加斯克尔医生？——开的安眠药，很好用。这倒是提醒我了，我得亲自去找那个杂货店老板谈一谈，要么是那些女仆自作主张订了东西，要么就是他故意骗我们。好几盒肥皂片，我一个礼拜最多要三盒。喝点药也许能好点？伊顿糖浆，我小时候常喝。对了，还有菠菜。我告诉厨子中午得做菠菜。"

艾丽斯实在提不起精神，也习惯了德瑞克太太东拉西扯的谈话风格。她想让艾丽斯问她，为什么提到加斯克尔医生就会让她想起杂货店老板，如果艾丽斯这么问了，她会立刻回答："因为杂货店老板叫克兰福德，亲爱的。"卢西娜姑妈总觉得自己的逻辑清清楚楚。

艾丽斯只是用仅存的力气说："我很好，卢西娜姑妈。"

"眼圈都发黑了，"德瑞克太太说，"你做的事太多了。"

"我什么事都没做，好几个礼拜了。"

"那是你自己这么认为，亲爱的。网球打得太多会让年轻的姑娘过分劳累。而且，我觉得这里的空气也让人浑身没劲。在山谷里。乔治要是跟我，而不是跟那个女孩商量就好了。"

"哪个女孩？"

"那个他特别器重的莱辛小姐。在办公室里一切都好，大概那里才是她该待的地方，把她带出来就大错特错了。他还鼓励她把自己当作这个家庭的一员。我想，她不需要任何鼓励。"

"哦，好了，卢西娜姑妈，露丝就是这个家庭的一员。"

德瑞克太太嗤之以鼻道："她倒是想呢——太明显了。可怜的乔治，一涉及女人，他就像襁褓里的婴儿。但这样是行不通的，艾丽斯。乔治要学会自我保护，如果我是你，就明确地跟他表示，莱辛小姐再怎么好，也不该想着跟她结婚。"

艾丽斯从漠然中惊醒。

"我从来没想过乔治会跟露丝结婚。"

"鼻子底下发生的事你都看不见，孩子。当然了，你没有我这样的人生阅历。"艾丽斯忍不住笑了。有的时候，卢西娜姑妈真的很可笑。"那个年轻女人很期盼婚姻。"

"这有什么关系吗？"艾丽斯问。

"有关系？当然有关系。"

"这样不是很好吗？"姑妈瞪着她，"我的意思是，对乔治来说很好。我想，你对她的看法是对的，你知道。我认为她确实喜欢他。而她对他来说是个特别好的太太，可以悉心照料他。"

德瑞克太太哼了一声，那张绵羊般和蔼可亲的脸上露出近乎愤慨的表情。

"目前乔治被照顾得很好,他还想要什么?我想知道。精美的食物,有人为他缝缝补补。有一个你这么迷人的姑娘在身边让他很高兴,等有一天你嫁人了,我希望我还能继续照顾他的起居和健康。我会做得跟一个办公室女郎一样好——或者更好。她懂什么家政?数字、账簿、速记、打字——这些在一个男人的家里能派上什么用场?"

艾丽斯笑着摇了摇头,但并没有为此和姑妈继续争论下去。她在想露丝黑缎子般光滑柔软的头发、洁白的皮肤,以及她爱穿的量身定制的衣服勾勒出的曼妙的身材。可怜的卢西娜姑妈,她只想着生活舒适和料理家务,把浪漫远远抛在脑后,她可能已经忘了浪漫的意义——真是这样,艾丽斯想起她的姑父,浪漫对他们来说确实向来都不重要。

卢西娜·德瑞克是赫克托·玛尔同父异母的姐姐。母亲去世后,她开始扮演小妈妈的角色,照顾比她小很多的弟弟,帮助父亲料理家务。于是,她逐渐变成了一个十足的老处女。她认识凯莱布·德瑞克牧师时已年近不惑,牧师也五十多岁了。她的婚姻生活很短暂,只有两年,这之后她就成了寡妇,带着一个男孩生活。母亲这个角色来得很迟,且在意料之外,但这是卢西娜·德瑞克最重要的人生经验。尽管日后儿子成了她焦虑的原因、忧伤和经济问题的源头,但她从未失望过。德瑞克太太拒绝承认儿子维克多的一切恶行,只认为他性格有些软弱。维克多太容易相信别人了——太容易被他轻信的坏同伴引入歧途。维克多运气不好。维克多被人背叛了。维克多被人欺骗了。维克多被人操纵了,那些邪恶的家伙利用了他的天真。每当有人批评维克多,她那张和蔼可亲、相当愚蠢的绵羊脸就会变得固执。她了解她的儿子。他是个可爱的孩子,奋发向上,他的那些所谓的朋友利用了他。没有人比她更清楚她的儿子有多么不愿意伸手向她要钱。可是当那个可怜的孩子真的陷入了可怕的困境，他又能怎么样呢？除了她，他又不能求助别人。

正像她所承认的那样，在她就要被贫困逼得失去尊严时，乔治邀请她来同住，并照顾艾丽斯，实在是上帝的恩赐。过去这一年，她的日子过得非常快乐舒适。此时一个自命不凡的年轻女人可能要取代她的位置，面对这种情形，宽容对待是违背人性的。这个女人具备现代的高效和能力，她说服自己，无论如何，她只是为了乔治的钱才想嫁给他的。当然，她追求的就是这个！一个好家庭和一个富有、宽容的丈夫。你不能告诉卢西娜姑妈——她都这么大岁数了——所有年轻女人都喜欢自力更生！女人还是一如既往的女人，能找到一个让她们舒舒服服过日子的男人再好不过了。这个露丝·莱辛很聪明，善于钻营，并逐步取得了乔治的信任。装修房子时她为乔治出谋划策，让自己变得不可或缺。不过谢天谢地，至少有一个人看出了她的不良企图！

卢西娜·德瑞克点了几下头，柔软的双下巴随之晃动了几下。她挑起眉毛，一副智者的模样。她抛开这个话题，换了一个同样有趣，而且可能更急迫的话题。

"我不知道该怎么处理那些毯子，亲爱的。不能就那么搁着，我不知道我们要明年春天才回来，还是乔治还打算来度周末。他没说。"

"我猜他自己也不太清楚。"艾丽斯试着把注意力转移到一个似乎无关紧要的问题上，"天气好的话，偶尔来一下也挺好，尽管我不是很想来。不过不管怎么说，如果我们真想来，房子就在这儿。"

"是的，亲爱的，但是我想知道。因为你知道，如果明年才回来，毯子里必须放樟脑丸，然后收起来。但如果还来这儿度周末就不必了，我们还会用到毯子，而且樟脑丸的味道太难闻了。"

"哦，那就别放樟脑丸。"

"嗯，可是今年夏天太热了，有好多虫子。大家都说今年虫子多。当然，还有黄蜂。昨天霍金斯告诉我，今年夏天他端了三十个黄蜂窝。三十个！你想想看。"

艾丽斯想着霍金斯，黄昏时分，昂首阔步地走出门，手里拿着氰化钾——氰化钾——罗斯玛丽——为什么一切都会回到这上面来？

卢西娜姑妈那犹如涓涓细流一般的声音又响起了，现在她说到了不同的话题。

"该不该把银器送去银行保管？亚历山德拉夫人说这里有很多小偷，当然了，我们的百叶窗很牢固。我不喜欢她的发型，让她的脸显得特别冷酷，不过我认为她就是个冷酷的女人，而且神经过敏。现在每个人都神经过敏。我小的时候，人们都不知道神经是什么。我想起来了，我不喜欢乔治最近的样子，他是不是要得流感了？有那么一两次，我怀疑他是不是发烧了。也可能是生意上的事。你知道吗，他好像有心事。"

艾丽斯打了个冷战。卢西娜·德瑞克得意地叫了起来："你看，我就说你着凉了吧。"

第二章

"我多么希望他们从没来过这里。"

桑德拉·法拉第以不同以往的尖刻口吻说,她的丈夫惊讶得禁不住扭过头来看她。他的想法——他一直极力隐藏的想法——似乎被她诉诸了语言。这么说,桑德拉也有同感?她也觉得住在公园另一侧,一英里外的新邻居毁了费尔黑文,破坏了这里的宁静吗?他一时冲动,表达了自己的惊讶之情。

"没想到你也有这种感觉。"

她立刻——至少在他看来是立刻——恢复了平时的样子。

"在乡下生活,邻居非常重要。要么粗鲁,要么友善,不可能像在伦敦那样只当熟人,保持距离。"

"是啊,"斯蒂芬说,"做不到。"

"现在我们遇到了一群不同寻常的邻居。"

他们沉默了,脑子里回想着午餐时的情景。乔治·巴顿很友善,甚至可以说是兴高采烈,他们都意识到,他内心里涌动着一股兴奋的暗流。这些天,乔治·巴顿真的很古怪。罗斯玛丽去世前,斯蒂芬没怎么注意过乔治。乔治·巴顿就像个布景,一个和善乏味的丈夫和他年轻漂亮的太太。斯蒂芬从来没有因为背叛乔治而感到不安痛苦过。乔治是那种注定要戴绿帽子的丈夫。他比罗斯玛丽大很多岁,缺少抓住一个迷人任性的女人所必需的魅力。乔治一直蒙在鼓里吗？斯蒂芬不这么认为。他想，乔治很了解罗斯玛丽。他爱她，并且知道自己有能力抓住太太的心。

但无论如何，乔治一定痛苦过……

斯蒂芬开始琢磨，对罗斯玛丽之死，乔治作何感想。

悲剧发生后，他和桑德拉有几个月没怎么见到他，直到他突然出现在小官府，成了他们的近邻，再次闯进了他们的生活。这时，斯蒂芬才发现，他似乎不太一样了。

更活泼，也更积极了。还有——对了，太古怪了。

今天他就很古怪，邀请脱口而出。艾丽斯的十八岁生日派对，他特别希望斯蒂芬和桑德拉都能参加。斯蒂芬和桑德拉在这里对他们太好了。

桑德拉立刻说，当然了，他们很愿意。不过回伦敦后斯蒂芬会忙得不可开交，她自己也有很多讨厌的应酬，但她真心希望能参加。

"那我们现在就定个日子吧。"

乔治脸色红润、嘴角含笑、态度坚决。

"下下个星期的某一天吧——星期三，或者星期四？星期四是十一月二号。可以吗？不行的话我们可以改到一个你们俩都方便的日子。"

这是那种逼着你非接受不可的邀请——缺少社交手腕的邀请。斯蒂芬发现艾丽斯·玛尔的脸红了，露出尴尬的表情。桑德拉的表现好极了。既然推托不了，她便微笑接受，说那个星期的星期四，十一月二号，他们俩都有空。

斯蒂芬突然用刺耳的声音说出他的想法："我们不必去。"

桑德拉把脸微微转向他，面带关切思虑的表情。

"你认为没有必要去？"

"找个借口很容易。"

"他只会坚持换个时间，改日再去，他——他好像要我们非去不可。"

"我不明白为什么要这样。那是艾丽斯的生日宴，我不认为她那么渴望我们的陪伴。"

"是啊……是啊……"桑德拉似乎在想什么。

然后她说："你知道这次宴会在哪儿举行吗？"

"不知道。"

"卢森堡餐厅。"

斯蒂芬惊得几乎说不出话来，血色从他的两颊退去。恢复镇静后他与妻子的目光相接。是他的幻觉，还是她的直视真的意味着什么？

"这也太荒唐了。"他大叫起来，靠怒吼来掩饰真实的情绪，"在卢森堡餐厅，让一切重演。那家伙一定是疯了。"

"我也是这么想的。"桑德拉说。

"这么一来我们当然要拒绝参加。那——那件事太令人不快了。你还记得那些报道吧——报纸上的照片。"

"我记得那种不愉快的感觉。"桑德拉说。

"他不知道这么做很不礼貌吗？"

"他有理由这么做，你知道，斯蒂芬。他告诉我理由了。"

"什么理由？"

他暗自感激她说话时把视线从他身上移开了。

"午餐后他把我拉到一边，说想跟我解释一下。他告诉我，那个女孩——艾丽斯——还没有从姐姐的死带来的震惊中完全恢复过来。"

她顿了一下，斯蒂芬不情愿地说："哦，这应该是实话，她的气色糟透了。吃午饭的时候我就想,她怎么看上去病怏怏的。"

"是啊,我也发现了。不过最近她的健康状况不错,情绪也很饱满。但我还没说完乔治·巴顿都说了什么。他告诉我,自那天起,艾丽斯就尽量避免去卢森堡餐厅。"

"我并不觉得惊讶。"

"但他说这是不对的。他好像就这个问题咨询了一个神经科专家,那种现代的专家。专家给他的建议是,无论遭受过怎样的打击,都必须面对,而不是回避。我想,这个原理就像要立刻把经历过飞机坠毁的飞行员再送上天。"

"那个专家是不是建议再来一次自杀?"

桑德拉平静地回答:"他建议必须重建那家餐厅带给她的联想。毕竟,那只是一家餐厅而已。他建议再举行一次平常且愉快的宴会,尽可能还让那些客人参加。"

"客人们还要很开心!"

"你很介意吗,斯蒂芬?"

他顿时警觉起来,急忙说:"当然不介意,我只是觉得这个主意很恐怖。我一点也不介意……我真的是为你着想。如果你不介意——"

她打断他的话。

"我介意。非常介意。但乔治·巴顿邀请人的方式实在令人难以拒绝。毕竟那件事之后,我还经常去卢森堡餐厅——你也是,总有人邀请我们去那里。"

"但不是在这种情况下。"

"对。"

斯蒂芬说:"就像你说的,难以拒绝。而且就算我们推迟这次约会,他也还会再邀请。可是,桑德拉,你没有必要忍受这个。我去就可以了,你在最后一刻缺席——头疼、着凉了什么的。"

他看见她的下巴抬了起来。

"那也太懦弱了吧。不,斯蒂芬,你去,我就去。毕竟……"她把手搭在他的胳膊上,"无论我们的婚姻多么没有意义,至少也意味着我们要共渡难关。"

他瞪大眼睛看着她。她把这么一句尖酸刻薄的话说得如此轻松,像是在陈述一个早就知道且不太重要的事实,搞得他哑口无言。

恢复镇静后,他说:"你为什么这么说,无论我们的婚姻多么没有意义?"

她稳稳地注视着他,双眼圆睁,目光坦诚。

"不是吗?"

"不是,一千个不是。我们的婚姻对我来说意味着一切。"

她露出微笑。

"我想是的——从某种意义上来说。我们是好搭档,斯蒂芬。我们齐心协力,得到了满意的结果。"

"我指的不是这个。"他发现自己的呼吸越来越不顺畅了。他用双手握住她的手,紧紧地握着。"桑德拉,你难道不知道你对我来说意味着整个世界吗?"

这一刻她突然知道了。不可思议,无法预知,但确实如此。

她在他的怀里,他紧紧地拥抱她、亲吻她,结结巴巴、语无伦次。

"桑德拉——桑德拉——亲爱的。我爱你……我一直很担心,担心会失去你。"

她听见自己说:"因为罗斯玛丽?"

"是的。"他放开她,后退了一步,表情沮丧,显得很可笑。

"你知道……罗斯玛丽的事?"

"当然。一直都知道。"

"你也理解?"

她摇头。

"不,我不理解。我不认为我应该理解。你爱过她?"

"没有。我爱的是你。"

痛苦的浪潮再次席卷她。她引述他说过的话:"从看见我的第一眼开始?别再重复谎言了——因为这是谎言!"

斯蒂芬并没有被她突然发起的攻击吓到。他似乎在认真思考她的话。

"是,是谎言。但奇怪的是,它又不是谎言。我开始相信这是真的了。哦,桑德拉,请试着理解吧。你知道,人们总是用高贵美好的理由掩饰他们卑鄙的行径。人总是在残忍的时候说'我必须说实话',认为如此这般重复是他们的责任,实际是天大的伪君子,以至于一辈子都深信每一个卑鄙可恶的行为都源于无私精神!试着理解一下,桑德拉,你会发现与之相反的人也可能存在。愤世嫉俗,不相信自己,不相信生活,只相信自己的不良动机。你是我需要的女人,至少这一点是真实的。而且现在回想起来,我真心相信:如果那不是真的,我们绝不可能到现在。"

她恨恨地说:"你以前没爱上我。"

"没有。我以前谁都没爱过。我曾经是一个饥渴、无情、自傲的家伙。是的,这就是我,基于我挑剔冷酷的天性!后来,我'隔着一个房间'坠入了爱河——一种愚蠢的、猛烈的、不成熟的爱。仿佛仲夏的雷雨,短暂、虚幻,很快就过去了。"他恨恨地补充了一句,"真的是'人生如痴人说梦,充满喧哗与骚动,却没有任何意义.'①"

他停顿了一下,继续说道:"就是在这里,在费尔黑文,我醒过来了,明白了真相。"

"真相?"

"我生命中唯一重要的是你,以及保有你的爱。"

"要是我知道……"

"你是怎么想的?"

"我以为你打算跟她私奔。"

"跟罗斯玛丽?"他大笑了一声,"那可真像被判了终身监禁!"

"她不想和你一起私奔吗?"

"是,她是这么想的。"

"后来发生了什么?"

斯蒂芬深吸了一口气。又绕回来了,再次面对无形的威胁。他说:"发生了卢森堡餐厅的那件事。"

他们都沉默了,眼前浮现出同样的画面。一个漂亮的女人因氰化钾中毒而泛蓝的脸。

二人盯着死去的女人,然后——抬起头,四目相对……

斯蒂芬说:"忘了吧,桑德拉,看在上帝的分上,让我们忘了吧!"

"忘了没用。我们不被允许遗忘。"

迟疑了一下后,桑德拉又说:"我们该怎么办?"

"就像你刚才说的,面对现实——我们俩一起。参加这个可怕的聚会,不管他要干什么。"

---

① 出自《麦克白》第五场,原文为:Life is tale told by an idiot, full of sound and fury, signifying nothing.

"你不相信乔治·巴顿关于艾丽斯的话?"

"不相信。你呢?"

"可能是实话。但即便是实话,也不是真正的原因。"

"你认为真正的原因是什么?"

"我不知道,斯蒂芬。但是我很害怕。"

"怕乔治·巴顿?"

"是的,我想他——知道。"

斯蒂芬尖厉地说:"他知道什么?"

她慢慢扭过头,直到与他对视。

她低声说:"我们不能害怕,我们必须有勇气——全部的勇气。你会成为一个大人物,斯蒂芬——这个世界需要的人——任何东西都阻挡不了你。我是你太太,我爱你。"

"你认为这个宴会是怎么回事,桑德拉?"

"我认为是个圈套。"

他慢慢地说:"那我们还要往里钻?"

"我们不能表现出我们知道这是个圈套。"

"是,确实是这样。"

桑德拉突然仰天大笑,说:"使出你最卑劣的手段吧,罗斯玛丽,你不会赢的。"

他抓住她的肩膀。

"冷静,桑德拉。罗斯玛丽死了。"

"是吗?有时候——我感觉她就在眼前,活生生的……"

第三章

他们走在公园里，艾丽斯说："如果我不跟你一起回去，你会介意吗，乔治？我想散散步。爬上修士山，再穿过林子下山。我这一整天头疼得很。"

"我可怜的孩子，去吧。我就不跟你去了——我下午要见一个人，我也不清楚他几点到。"

"好的。下午茶时见。"

她猛地转了九十度，匆匆朝山腰上的一片落叶松林走去。

来到山顶后，她深吸了一口气。十月里常见的潮湿天气，树叶上蒙着一层阴湿的水汽，头顶低垂着灰色的云层，这意味着不久后又要下雨了。山顶的空气并不比山谷里充沛，即便如此，艾丽斯还是感觉可以更自由自在地呼吸了。

她坐在一根倒下的树干上，凝视着娴静地栖息在树木繁茂的小山谷里的小官府。小官府左侧，费尔黑文庄园的砖墙呈现出一抹玫瑰红。

艾丽斯一手托腮，表情阴郁地看着风景。

身后轻微的沙沙声并不比树叶轻柔飘落的声音大，但她还是察觉到了，她猛地扭过头，正好看见安东尼·布朗拨开树枝走出来。

她半生气地叫起来："托尼！你每次出现的时候干吗老是像

哑剧里的魔鬼?"

安东尼一屁股坐在她旁边,掏出烟盒递给她。她摇摇头,于是,他自己抽出一根烟点上了。吸了一口后,他回答:"因为我就是报纸上说的那种'神秘人',我喜欢突然冒出来。"

"你怎么知道我在这儿?"

"凭借鸟一样的眼力。我听说你要和法拉第夫妇一起吃午饭,就在山腰上偷偷监视你。"

"为什么你不能像一个正常人一样去家里?"

"因为我不是个正常人,"安东尼用震惊的语气说,"我很不寻常。"

"我想确实如此。"

他迅速地看了她一眼,然后问道:"怎么了?"

"没什么,真的没什么。至少——"

她停下了。

安东尼追问:"至少什么?"

她深吸了一口气。

"我在这儿待腻了。我讨厌这里。我想回伦敦去。"

"你们不是很快就要回去了吗?"

"下个星期。"

"这么说在法拉第家举办的是欢送会?"

"不是什么聚会。只有他们夫妇和一个老表哥。"

"你喜欢法拉第夫妇吗,艾丽斯?"

"不知道。我不认为我很喜欢他们,尽管不该这么说,因为他们真的对我们很好。"

"你觉得他们喜欢你吗?"

"不,我不觉得。我认为他们恨我们。"

"有趣。"

"是吗?"

"哦,我指的不是恨——如果真是这样的话。我指的是你用的字眼,'我们'。我的问题只针对你一个人。"

"哦,我懂了……我想,他们挺喜欢我的,以一种消极的方式。我认为让他们不自在的是我们一家人住在他们隔壁。我们并不是他们的朋友——他们是罗斯玛丽的朋友。"

"是啊。"安东尼说,"就像你说的,他们是罗斯玛丽的朋友。不过我觉得桑德拉·法拉第和罗斯玛丽并不是什么知心姐妹吧,是吗?"

"不是。"艾丽斯说。她略显忧惧,安东尼却平静地抽着烟。

过了一会儿,他说:"你知道法拉第夫妇最让我在意的是什么吗?"

"什么?"

"就是这个——他们是法拉第夫妇。我总是以法拉第夫妇想到他们,而不是斯蒂芬和桑德拉。不是两个被国家法律和宗教誓约联系在一起的个体,而是一个不容置疑的、合二为一的整体——法拉第夫妇。这样的夫妇可不比你认为的常见。他们俩有共同的目标、共同的生活方式,一致的希望、恐惧和信念。奇怪的是,他们的性格又截然不同。我认为斯蒂芬·法拉第是一个学识渊博,对外界的看法极为敏感,严重缺乏自信,又有点缺乏勇气的人。相反,桑德拉的思维古板,能做出狂热的奉献,在不计后果这一点上勇气十足。"

"我一直觉得他,"艾丽斯说,"特别自大,而且愚蠢。"

"他一点也不蠢。他只是一个随处可见的、不快乐的成功者。"

"不快乐?"

"大部分成功者都是不快乐的。这就是为什么他们会成功——他们必须确保自己获得了某种引人注目的东西,才能安心。"

"你的看法真不寻常,安东尼。"

"你仔细观察一下他们就会发现我说得对。快乐的人都是失败者,因为他们跟自己的关系很好,什么都不在乎,就像我。通常,他们也很好相处——也像我。"

"你对自己的评价很高。"

"我只是在吸引你注意我的优点,以免你没注意到。"

艾丽斯大笑起来。她的情绪高涨起来,抑郁和恐惧一扫而光。她低头看了一眼表。

"去家里喝杯茶吧,让那几个人也享受一下你这讨人喜欢的交际方式。"

安东尼摇摇头。

"今天不行,我得回去了。"

艾丽斯猛地转过身面向他。

"为什么你从不去家里坐坐?一定有原因。"

安东尼耸了耸肩。

"这么说吧,我对接受款待的看法很特别。你姐夫不喜欢我——他已经把话说得很清楚了。"

"哦,不要管乔治。如果我和卢西娜姑妈邀请你去——她是个老好人,你会喜欢她的。"

"我相信我会喜欢,但我还是要拒绝。"

"罗斯玛丽在的时候,你常来。"

"那……"安东尼说,"很不一样。"

一只虚弱、冰冷的手触碰到了艾丽斯的心。她说:"你今天怎么会来这儿?来这边办事吗?"

"非常重要的事——跟你有关。我想问你一个问题,艾丽斯。"

那只冰冷的手消失了。取而代之的是小心脏怦怦直跳,那种女人自古以来就知道的兴奋悸动。随着这种心跳,艾丽斯做出一副茫然探寻的神情,跟她曾祖母几分钟后说出"哦,X先生,这也太突然了!"之前的表情一模一样。

"什么问题?"她将那张极为天真的脸转向安东尼。

他看着她,目光严肃,近乎严厉。

"如实回答我,艾丽斯。我的问题是,你信任我吗?"

她吃了一惊,没想到是这样的问题。他看出来了。

"你没想到我会问这个?但这是一个非常重要的问题,艾丽斯。对我来说,这是最重要的问题。我再问你一遍,你信任我吗?"

她迟疑了一下,也就一秒钟,然后垂下眼帘,回答:"是的。"

"那我想再问你点别的。你愿不愿意去伦敦跟我结婚,不告诉任何人?"

她瞪大了眼睛。

"可是我不能!我就是不能。"

"你不能嫁给我?"

"不能像你说的那样。"

"但是你爱我。你爱我,对不对?"

她听见自己说:"是的,我爱你,安东尼。"

"但你不愿意和我在布鲁姆斯伯里的圣艾尔弗瑞达教堂结

婚？我在这个教区住了几个星期，随时可以合法结婚。"

"我怎么能做这种事呢？乔治会很受伤，卢西娜姑妈永远也不会原谅我。再说，我还没到结婚年龄。我才十八岁。"

"你可以谎报年龄。我不知道未经监护人同意娶一个未成年人会受到怎样的惩罚。对了，谁是你的监护人？"

"乔治。他也是我的受托人。"

"就像我刚才说的，无论我会受到怎样的惩罚，他们都不能解除我们的婚姻，这才是我唯一真正在乎的。"

艾丽斯摇头。"我不能这么做。我不能这么无情。况且，为什么？这有什么意义？"

安东尼说："这就是我为什么先问你信不信任我。无论我给出什么理由，你都必须相信。这么说吧，这是最简单的方式。不过，没关系。"

艾丽斯怯怯地说："如果乔治能多了解你一点就好了。现在就跟我回去吧，家里只有他和卢西娜姑妈。"

"你确定？我以为……"他迟疑了一下，"上山的时候，我看见一个男人上了你家的车道。滑稽的是，我确信这个人……"他停顿了一下，"我在哪儿见过他。"

"哦对，我忘了——乔治说他在等一个人。"

"我看见的那个人叫瑞斯——瑞斯上校。"

"很有可能，"艾丽斯表示同意，"乔治确实认识一个瑞斯上校。那天晚上他本来也要来参加宴会的，后来罗斯玛丽——"

她停下来，声音颤抖。安东尼抓住她的手。

"别再想了，亲爱的。很难受，我知道。"

她摇摇头。

"我忍不住。安东尼——"

"嗯？"

"你有没有过这么一个念头——你想没想过……"她发现很难把心里的意思用语言表达出来，"你有没有想过……罗斯玛丽可能不是自杀？她可能是……被人谋杀的？"

"我的老天，艾丽斯，你怎么会有这种想法？"

她没有回答，而是固执地问下去："你从来没这么想过吗？"

"当然没有。罗斯玛丽当然是自杀的。"

艾丽斯什么也没说。

"谁给了你这样的暗示？"

有那么一刻，她很想把乔治说的那个不可思议的故事告诉他，但她忍住了。她慢悠悠地说："只是一个想法而已。"

"忘了吧，亲爱的小傻瓜。"他把她拉起来，轻吻她的脸颊，"亲爱的、病态的傻瓜。忘掉罗斯玛丽吧。想着我就行了。"

第四章

瑞斯上校一边抽着烟斗一边若有所思地端详着乔治·巴顿。

乔治·巴顿还是个小孩子的时候瑞斯就认识他。巴顿的叔叔曾是瑞斯一家在乡下的邻居。这两个男人相差二十多岁。瑞斯六十多岁，高大、挺拔，一副军人形象，面庞黝黑，铁灰色的头发剪得很短，有一双精明的黑眼睛。

他们从没特别亲近过，但对瑞斯来说，巴顿依旧是"小乔治"，是早年间众多模糊的形象中的一个。

此刻，他在想，他实在不知道"小乔治"是怎样的一个人。后来，他们短暂地碰过几次面，彼此都没有发现太多共同点。瑞斯喜欢户外活动，骨子里是个扩张主义者——人生的大部分时间在海外度过。乔治则显然是个城市绅士。他们的兴趣爱好迥然不同，见了面也只是不冷不热地回忆往事，然后便陷入尴尬的沉默。瑞斯上校不善闲谈，可能就是上一代小说家们偏爱的那种坚强而沉默的男子。

此时二人又陷入沉默，瑞斯上校在琢磨"小乔治"为什么坚持安排这次会面。他还在想，这个人好像比一年前见面时有了某种微妙的变化。乔治·巴顿给他的印象一直是墨守成规的——小心谨慎、讲求实际、缺乏想象力。

他想，这个家伙不太对劲，像猫一样神经质。他重新点了三次雪茄,这不像是原来的巴顿。

瑞斯上校把烟斗从嘴里拿出来。

"好了,小乔治,遇到什么麻烦事了吗?"

"你说得对,瑞斯,是有麻烦事。我非常需要你的建议,还有你的帮助。"

上校点点头,等着他继续说下去。

"大约一年前,你本来要来伦敦和我们共进一次晚餐——在卢森堡餐厅。只是到了最后一刻,你必须出国。"

上校又点了点头。

"南非。"

"在那次宴会上,我太太死了。"

瑞斯不自在地在椅子上动了动身子。

"我知道。在报纸上看到过。我没有提起此事,也没有安慰你,是不想再次唤起你的回忆。但是,我很难过,老伙计,这你是知道的。"

"哦,是啊,是啊,这不是问题的关键。他们说我太太应该是自杀的。"

瑞斯抓住了关键词,他挑起双眉。

"应该?"

"你看看这个。"

乔治把两封信塞进他手里。瑞斯的眉毛挑得更高了。

"匿名信?"

"对。我相信上面说的话。"

瑞斯缓缓地摇头。

"这么做很危险。你会惊讶地发现,任何一件事,只要被报纸报道过,之后就总会有很多充满恶意和谎言的信。"

"我知道,但这些信不是当时写的,而是在半年后。"

瑞斯点点头。

"这有点意思。你认为写信的人是谁?"

"不知道,我也不在乎。关键是我相信上面说的话。我太太是被人谋杀的。"

瑞斯放下烟斗,在椅子上坐直了一点。

"你为什么会这么认为?当时你就怀疑了吗?警方怀疑过吗?"

"事情发生的时候,我头昏脑涨,整个人都是蒙的。我接受了验尸的结论。我太太得了流感,情绪抑郁。我没怀疑别的,只想到了自杀。那东西就在她包里,你知道。"

"什么东西?"

"氰化钾。"

"我想起来了。她就着香槟喝下去的。"

"是的。当时,一切似乎简单明了。"

"她说过要自杀吗?"

"没有,从来没有。罗斯玛丽,她热爱生命。"乔治·巴顿说。

瑞斯点点头。他只见过乔治的太太一次,他认为她是一个特别漂亮的笨女人,但绝不是忧郁伤感的那类人。

"有没有关于心理状态的医疗证据什么的?"

"罗斯玛丽得流感的时候,她的私人医生——一个罗斯玛丽小的时候就给玛尔家看病的老人——乘船旅行去了。是他的搭档,一个小伙子在照顾她。我记得他说那种类型的流感会导致严重的抑郁。"

乔治停顿了一下,继续说:"直到我收到这些信,才去找罗斯玛丽的私人医生。当然，我没跟他提这些信，只是谈了谈已经发生的事。他告诉我他非常惊讶，他说他永远也无法相信。罗斯玛丽绝对不是一个会自杀的人。他说，这表明，无论你有多么了解一个病人，他都有可能做出一反常态的事。"

乔治又停顿了一下，然后继续说："跟他谈过之后，我才意识到我有多么不相信罗斯玛丽是自杀的。毕竟，我很了解她。她时不时会特别不高兴，会为某些事大发脾气，有的时候她会做出非常鲁莽、欠考虑的事，但我从没听说她有过'想摆脱一切'的念头。"

瑞斯有点尴尬地低声说："除了精神抑郁，她还有别的自杀动机吗？我的意思是，她是不是因为某件事不快乐？"

"我……不——她可能神经紧张。"

瑞斯避开朋友的目光，说："她是不是一个很情绪化的人？你知道，我只见过她一次。不过，有一种人……呃……可能会从自杀未遂中获得快感——通常是在跟人吵过架之后。相当孩子气的举动——'我要让他们后悔！'"

"罗斯玛丽没跟我吵过架。"

"好的。而且，我必须说，使用氰化钾这个事实排除了这种可能。所有人都知道，那玩意儿可不能随意摆弄——不安全。"

"这一点也在理。就算罗斯玛丽考虑过自杀，也绝不会用这种方式吧？痛苦，而且丑陋。她更有可能服用过量安眠药。"

"我同意。有没有她购买或者如何得到氰化钾的证据？"

"没有。不过，她曾经和几个朋友待在乡下，有一天，他们捅了个黄蜂窝。他们说她可能就是在那个时候弄到氰化钾的。"

"是啊，弄到那个不是什么难事。很多园丁都有。"

上校顿了一下，然后说："我来概括一下。没有确凿证据表明她有自杀倾向,她也没有为自杀做过准备。整件事都极为不可能。现场可能没有指向谋杀的直接证据,否则警方一定会掌握。你知道,他们很机警。"

"谋杀这个想法似乎都让人难相信。"

"但六个月之后,你又觉得不难相信了?"

乔治慢慢地说:"我想,我可能一直都不满意。我肯定下意识里一直有所怀疑,所以,看到白纸黑字么么写着,就毫不怀疑地接受了。"

"好吧。"瑞斯点了点头,"好了,那就说说吧。你怀疑谁?"

乔治探身向前,他的脸很扭曲。

"这正是最可怕的地方。如果罗斯玛丽是被人杀死的,肯定是那天参加聚会的某个人,我们的某个朋友干的。没有别的人靠近过那张桌子。"

"服务员呢?谁倒的酒?"

"查尔斯,卢森堡餐厅的领班。你认识查尔斯吗?"

瑞斯点点头。所有人都认识查尔斯。查尔斯故意毒死了一个客人,这太难以想象了。

"招呼我们那桌的服务员叫朱塞佩,我们跟他很熟,认识好几年了,每次我们去那儿都是他服务的。是个令人愉快、性格活泼的小个子。"

"既然说到了宴会。参加的人都有谁?"

"斯蒂芬·法拉第议员、他的太太亚历山德拉·法拉第夫人。我的秘书露丝·莱辛。一个叫安东尼·布朗的家伙。罗斯玛丽的妹妹艾丽斯,还有我。总共七个人。本来是八个人的,如果你来的话。你在最后关头说来不了了,我们一时又想不出合适的人。"

"我明白了。好了,巴顿,你认为是谁干的?"

乔治大叫起来："我不知道——我告诉你我不知道。要是我知道——"

"好了，好了。我还以为你有一个明确的怀疑对象。好了，应该不难。当时大家怎么坐的？从你开始说。"

"桑德拉·法拉第坐在我右边，这是当然的。她旁边是安东尼·布朗。然后是罗斯玛丽。然后是斯蒂芬·法拉第，然后是艾丽斯。然后是坐在我左边的露丝·莱辛。"

"我明白了。那天晚上出事之前你太太喝过香槟吗？"

"喝过。酒杯被共同斟满过几次。事情……事情发生在开始卡巴莱歌舞表演的时候。那时周围很嘈杂——你知道那种黑人节目——我们都在看演出。灯光亮起之前，她扑倒在了桌子上。她可能叫喊过，或者喘过粗气，但没有人听见。医生说是瞬间死亡的，这一点要感谢上帝。"

"是啊，确实。好了，巴顿——表面上看，似乎很明显。"

"你的意思是？"

"当然是斯蒂芬·法拉第。他在她右边，她的香槟杯靠近他的左手。趁灯光转暗，所有人的注意力都转向高台时，要把东西放进她的杯子里再容易不过了。我看不出谁还有更好的机会。我知道卢森堡餐厅的桌子什么样，客人周围的空间很大。我很怀疑有人能探出身子越过桌面而不被人发现，即使灯光被调暗了。同样的道理也适用于罗斯玛丽左边的人，想在她的杯子里放点什么必须越过她。还有一种可能，但我们应该先从最明显的人着手。斯蒂芬·法拉第议员必须除掉你太太的原因是什么？"

乔治像要窒息了，他说："他们……他们曾经是相当亲密的朋友。如果……如果罗斯玛丽，比如说，惹怒了他，他可能会想报复。"

"听起来也太情绪化了。这是你能想到的唯一的动机了?"

"是。"乔治说,他满面通红。

瑞斯瞄了他好几眼,然后继续说:"我们来研究一下二号可能性。一个女人。"

"为什么会是女人?"

"我亲爱的乔治,难道你没注意到?七个人参加的宴会,四女三男,就有可能有一两个时间段,三对在跳舞,一个女人独自坐在桌旁。你们都跳舞了?"

"哦,是的。"

"好。那么,在卡巴莱歌舞表演开始之前,你记不记得有谁单独留在桌旁?"

乔治想了一会儿。

"我想——对了,艾丽斯是最后落单的那个,她之前是露丝。"

"你记不记得你太太最后一次喝香槟是什么时候?"

"我想想,她在跟布朗跳舞……我记得她回来后说累死了——他是个舞池高手。然后,她喝光了杯子里的酒。几分钟后,乐队奏起了华尔兹,她……她和我跳舞,她知道我只会跳华尔兹。法拉第和露丝,亚历山德拉夫人和布朗,艾丽斯坐在一边。接下来就是卡巴莱歌舞表演。"

"那我们就来考虑一下你太太的妹妹。你太太的死有没有让她赚到钱?"

乔治有些不开心了。

"亲爱的瑞斯,这也太荒唐了,艾丽斯只是个孩子,还在上学呢。"

"我知道有两个女学生犯了谋杀罪。"

"艾丽斯绝对不会!她很爱罗斯玛丽。"

"没关系,巴顿,她只是有机会下手,我想知道她有没有作案动机。你太太,我相信,是一个富有的女人。她的钱去哪儿了?留给你了?"

"没有,给艾丽斯了——信托基金。"

他解释了一番,瑞斯专心听着。

"很奇特。富有的姐姐和贫穷的妹妹。有些女孩会为此愤愤不平。"

"我相信艾丽斯从来没有怨恨过。"

"或许没有……但她确实有作案动机。我们尝试一下这个思路。谁还有作案动机?"

"没有——一个人都没有。罗斯玛丽一个仇人都没有。我确定。我调查过了,四处询问,想把她的仇人找出来。我甚至买下了法拉第夫妇家附近的这栋房子,以便……"

他停了下来。瑞斯拿起烟斗,开始刮斗钵。

"你干吗不一五一十地告诉我呢,小乔治?"

"你什么意思?"

"显然,你有所隐瞒。你可以坐在这里维护你太太的名誉,也可以试着弄清楚她是否被人谋杀,但如果后者对你来说比较重要的话,你必须和盘托出。"

一阵沉默。

"好吧,"乔治又像要窒息了,"你赢了。"

"你有理由相信你太太有情夫,对不对?"

"对。"

"斯蒂芬·法拉第?"

"我不知道!我向你发誓,我真的不知道!可能是他,也可能是另一个家伙,布朗。我说不准,见鬼!"

"跟我说说这个安东尼·布朗。奇怪,我好像听过这个名字。"

"我对他一无所知。没有人了解他。这个家伙挺英俊的,也很风趣,但没有人知道他的来历。他应该是个美国人,但说话的时候没有口音。"

"哦,也许大使馆那边有他的信息。你不知道哪个是她的情夫?"

"是啊、是啊,我不知道。我告诉你,瑞斯,她写过一封信——我……我后来检查了一下吸墨纸。那是一封情书,没错,但是上面没写名字。"

瑞斯小心地把目光移开。

"哦,这给了我们一点继续查下去的线索。譬如亚历山德拉夫人,如果她丈夫跟你太太有私情,那她也有份。你知道,她是那种直觉特别强烈的女人。寡言、深沉。必要时,这种人会杀人。我们继续吧。那天有神秘的布朗、法拉第和他太太、小艾丽斯·玛尔。另一个女人怎么样,露丝·莱辛?"

"露丝不可能跟这事有任何瓜葛。至少我想象不出来她会有什么动机。"

"你说她是你的秘书?她是怎样一个女孩?"

"世界上最最可爱的女孩。"乔治满怀热情地说,"实际上,她是我们家的一员。她是我的得力助手,我认识的人里面,没有一个人能让我给予更高的评价,或者完全的信任。"

"你很喜欢她。"瑞斯若有所思地注视着他。

"我很喜欢她。瑞斯,这个女孩绝对是个好人。我在各个方面都很依赖她。她是这个世界上最忠诚、最可爱的人。"

瑞斯喃喃地说了句什么，听起来像是"嗯哼"，然后抛开了这个话题。他貌似不露声色，其实脑子里已经为这个陌生的露丝·莱辛记下了一个十分明确的动机。他能想象这个"世界上最最可爱的女孩"可能有一个非常确定的理由除掉乔治·巴顿太太。可能是贪图利益——她可能已经把自己想象成第二任巴顿太太了，也可能她只是爱上了她的雇主，置罗斯玛丽于死地的动机就在这里。

不过他温和地说："我猜，乔治，你自己也有充分的动机。"

"我？"乔治目瞪口呆。

"是啊，你想想奥赛罗和苔丝狄蒙娜。"

"我懂你的意思。但是……但是，我跟罗斯玛丽之间不是那样的。当然，我爱慕她，但我一直很清楚，有些事……我不得不忍受。她不是不喜欢我——她是喜欢我的。她很喜欢我，而且一直对我很好。不过，当然啦，我是个无趣的人，这点我不否认。我不浪漫，你知道。不管怎么说，我娶她的时候就认定人生不只是乐事。她也提醒过我。当然，真的发生了，我还是会难受——但如果因此就说明我碰过她一根头发……"

他停了下来，然后用不同的声调说："再说，如果是我干的，我何苦要翻旧账？我的意思是，警方给出自杀的结论后，一切就尘埃落定了。我疯了才会旧事重提。"

"完全正确。这就是我为什么没有认真怀疑你，亲爱的伙计。如果你是一个成功的凶手，收到这么两封信，你会默默地把它们丢进火堆里，并对此事只字不提。接下来，是我认为整个事件中真正有趣的一点。信是谁写的？"

"嗯？"乔治吃了一惊，"我一点概念都没有。"

"你好像对这一点不感兴趣，但是我有兴趣。这是我问你的第一个问题。我想，我们可以假定信不是凶手写的。就像你说的，一切都已尘埃落定，大家已经接受了自杀的说法，他干吗还要破坏自己的计划呢？那么，是谁写的这些信？是谁有意再次搬弄是非？"

"仆人？"乔治大胆猜测。

"有可能。如果是这样，是什么仆人？他们知道什么？罗斯玛丽有心腹吗？"

乔治摇摇头。

"没有。当时我们有个厨娘，庞德太太，现在她也在。还有两个女仆，她们已经离开了。她们在这儿待的时间不长。"

"好了，乔治，如果你想听我的建议——我猜你想听，那我必须仔细考虑一下。一方面，罗斯玛丽的死已成事实，无论你怎么做都不可能让她复活了。如果说自杀的证据不够充分，那么谋杀也一样。为了论证，我们先假定罗斯玛丽是被人谋杀的。你真的希望把整件事都翻出来吗？这可能意味着公开很多令人不快的事，把家丑外扬，你太太的桃色故事将成为众人的谈资——"

乔治·巴顿的面部肌肉抽搐了一下，他粗暴地说："你建议我让那个下流坯逍遥法外吗？那个法拉第，言辞浮夸，一心想着宝贵的事业，也许，他就是那个懦弱的凶手。"

"我只是想让你清楚会有怎样的后果。"

"我想了解真相。"

"好吧，既然如此，我应该带这些信去警察局。他们能更容易地查出写信者是谁，以及那个人是否知情。不过，你要记住，一旦你开始追查这件事，就不能叫停了。"

"我不会去警察局的，所以才想见你。我要为凶手设个圈套。"

"你什么意思？"

"听我说，瑞斯，我要在卢森堡餐厅举办一次宴会，我想让你参加。还是那些人——法拉第夫妇、安东尼·布朗、露丝、艾丽斯和我。我都安排好了。"

"你想干什么？"

乔治微微一笑。

"这是我的秘密。要是我事先告诉某个人，即使这个人是你，也会把我的计划搞砸。我希望你带着不偏不倚的态度，来看看究竟会发生什么。"

瑞斯探身向前，声音突然变得尖厉起来。

"我不喜欢这个做法，乔治。这种书里的戏剧手段行不通。去找警察，没有谁比他们更能干。他们知道怎么处理这些问题，他们是专业人士。破案时，业余表演不可取。"

"这就是我要你参加的原因。你不是业余的。"

"我亲爱的伙计，因为我为军情五处工作过？那你为什么还让我蒙在鼓里？"

"这一点是必需的。"

瑞斯摇摇头。

"抱歉，我拒绝。我不喜欢你的计划，也不想参与。放弃吧，乔治。"

"我不会放弃的，我都安排好了。"

"不要这么顽固不化。这种表演我比你知道得多一点。我不喜欢这个主意。行不通，甚至很危险，你想过吗？"

"对某个人来说确实会有危险。"

瑞斯叹了口气。

"你不知道你在干什么。好吧，别说我没警告过你。我最后一次请求你,放弃这个疯狂的念头。"

乔治·巴顿只是摇了摇头。

第五章

十一月二日早晨，潮湿又阴暗。艾尔维斯顿广场那栋房子的饭厅暗得要命，他们不得不点着灯吃早餐。

艾丽斯一反常态地没让人把咖啡和吐司送到楼上去，而是面色苍白，如鬼魂一般坐在餐桌旁，搅动着盘子里的食物，却一口没吃。乔治紧张地哗啦哗啦乱翻《泰晤士报》，桌子那头的卢西娜·德瑞克用手帕捂着脸，泪如雨下。

"我知道我亲爱的孩子会做出可怕的事。他是那么敏感，要不是生死攸关，他是不会那么说的。"

哗啦哗啦翻报纸的乔治突然说："请不要担心，卢西娜。我说过我会处理的。"

"我知道，亲爱的乔治，你向来好心。可是，我真觉得稍一耽搁就是致命的。你说到的那些查询都会耗费时间。"

"不，不会的，我们会尽快完成。"

"他说'务必在三号以前'，明天就是三号了。万一我的宝贝儿子有个三长两短，我永远不会原谅自己的。"

"不会的。"乔治喝了一大口咖啡。

"我还有一些债券——"

"听我说，卢西娜，把一切都交给我办好了。"

"不要担心，卢西娜姑妈，"艾丽斯插话道，"乔治会安排好一切，毕竟以前也发生过这种事。"

"很久没有了。""三个月。"乔治说。"自从这个可怜的孩子被他那群骗子朋友在那个可怕的农场骗过以后就没再发生过。"

乔治用餐巾擦了擦胡子，站了起来。"高兴点儿，亲爱的，我这就让露丝拍电报去。"他亲切地拍了拍德瑞克太太的后背，走出了房间。

他走到大厅时，艾丽斯跟了上来。

"乔治，你不认为我们应该推迟今晚的宴会吗？卢西娜姑妈这么心烦，我们最好留在家里陪她。"

"当然不行！"乔治粉红色的脸涨得发紫，"为什么要让那个小骗子把我们的生活完全打乱？这是敲诈勒索——纯粹的敲诈勒索。要是按照我的想法来，他一分钱也拿不到。"

"卢西娜姑妈永远不会同意这么做的。"

"卢西娜是个傻瓜，一直都是。这些有孩子的女人，过了四十岁还学不会理智。从小就溺爱孩子，孩子要什么就给什么。如果让小维克多自己走出困境，没准儿他能成功。不要跟我争辩，艾丽斯。今晚之前，我会处理好的，让卢西娜高高兴兴地上床休息。必要的话，我们可以带她一起去。"

"哦，不，她讨厌餐馆，她一到那儿就困得不行，可怜的姑妈。她不喜欢餐馆的热气和烟味，她会犯哮喘的。"

"我知道，我就是说说。你去安慰安慰她，艾丽斯，告诉她一切都会好的。"

他转身出了前门。艾丽斯也慢慢转过身，向饭厅走去。这时，电话铃响了，她走过去接电话。

"喂——谁？"她的脸色变了，无望的苍白转变成欣喜，"安东尼！"

"我是安东尼。昨天我给你打过电话,但没找着你。你是不是给乔治做了点工作?"

"什么意思?"

"哦,乔治非要邀请我参加今晚的宴会,完全不是他一贯的'别碰我可爱的受监护人'的态度!非让我去不可。我想也许是你要了点手腕。"

"不……不——跟我一点关系都没有。"

"他自己改主意了?"

"也不是。是——"

"喂——你走了?"

"没有,我在呢。"

"你刚才说什么,怎么啦,亲爱的?我听到你在叹气。出了什么事?"

"没……没事。明天就好了。明天一切都会好的。"

"多么感人的信念。不是说'明天永远不会来'吗?"

"别这样。"

"艾丽斯……出了什么事吧?"

"没有,没什么。我不能告诉你。我答应过人家,你懂的。"

"告诉我,亲爱的。"

"不……我真的不能说。安东尼,你愿意告诉我一件事吗?"

"如果我能。"

"你……你有没有爱过罗斯玛丽?"

迟疑片刻后是一阵笑声。

"原来是这么回事。有,艾丽斯,我曾经有那么一点爱上罗斯玛丽。她非常漂亮,你知道。但后来有一天,我正在跟她聊天,看见你从楼上走下来,我对她的爱就立刻烟消云散了。这个世界上除了你没有别人。这是冰冷清醒的事实。不要把这事放在心上，你知道，罗密欧在被朱丽叶完全征服之前也爱过罗萨琳。"

"谢谢你，安东尼。我很高兴。"

"晚上见。今天是你的生日，对吗？"

"其实还差一个星期，不过，今天是我的生日宴会。"

"你好像不太热心。"

"是啊。"

"我想，乔治知道自己在做什么，但在我看来，这是个疯狂的想法，把宴会安排在同一个地方……"

"哦，那之后我又去过几次卢森堡餐厅，自从……自从罗斯玛丽——我的意思是，避免不了。"

"确实避免不了，而且其实也没什么。艾丽斯，我给你准备了一份生日礼物，希望你会喜欢。再会。"

他挂断了电话。

艾丽斯回到卢西娜·德瑞克身边，争论、说服、让她放心。

乔治一到办公室就派人去叫露丝·莱辛。

当身穿雅致的黑外套和裙子、面带微笑的她平静地走进来时，他那因忧虑而紧蹙的眉头舒展了一些。

"早上好。"

"早上好，露丝，又有麻烦了。你看看这个。"

她接过老板递来的电报。

"又是维克多·德瑞克！"

"是啊，这个该死的家伙。"

她拿着电报，沉默了一会儿。那个人大笑时，棕色瘦削的脸上——特别是鼻子周围——会起皱纹。他嘲讽的声音和那句"那种应该嫁给老板的女孩……"——一切又逼真地回到眼前。

她想：仿佛就在昨天……

乔治的声音把她拉回到现实中。

"我们把他送上船是大概一年前吧？"

她想了想。

"我想是的，对，我记得是十月二十七号。"

"多么令人惊异的女孩，记忆力真好！"

她在心里盘算了一下，她还有一个更好的理由记住这个日子。她是受了维克多·德瑞克的影响，才在接起电话、听到罗斯玛丽漫不经心的声音后猛然发觉，她恨透了乔治的太太。

"我想，我们是幸运的。"乔治说，"他在那里待了这么久，尽管三个月前费了我们五十镑。"

"这次他要三百镑，这可是个大数目。"

"是啊。不过他拿不到那么多。我们得做一番例行调查。"

"我最好跟奥西尔维先生沟通一下。"

亚历山大·奥西尔维是他们在布宜诺斯艾利斯的代理商——一个冷静精明的苏格兰人。

"对，立刻发封电报。他母亲很激动，像往常一样，简直歇斯底里，搞得今晚的宴会都成了难题。"

"要不要我陪她？"

"不用。"他坚决拒绝，"不用，真的。你必须在场。我需要你，露丝。"他握住她的手，"你太无私了。"

"我一点也不无私。"她笑着提议，"值不值得跟奥西尔维先生用电话交流一下？也许今晚之前问题就解决了。"

"好主意。值得花这个钱。"

"我这就去。"

她温柔地抽出手，走了出去。

乔治继续处理各种需要他关注的事情。

中午十二点半，他走出办公室，乘上出租车去卢森堡餐厅。

查尔斯，众人皆知且备受欢迎的领班走上前，笑容可掬且郑重地鞠躬欢迎。

"中午好，巴顿先生。"

"中午好，查尔斯。晚宴都准备好了吧？"

"我想您会满意的，先生。"

"同一张桌子？"

"凹室中间那张，对吧？"

"对。你记得多加一把椅子了吧？"

"都安排好了。"

"准备……迷迭香了吧？"

"是的，巴顿先生。但恐怕不太好看，您不想配上些红莓或者几枝菊花吗？"

"不、不，只要迷迭香。"

"好的，先生。菜单您过目一下。朱塞佩。"

查尔斯的拇指轻轻一弹，招来一个笑眯眯的小个子中年意大利人。

"巴顿先生的菜单。"

菜单呈上。

牡蛎、清汤、卢森堡招牌菜、红松鸡、糖渍蜜梨佐冰淇淋、培根鸡肝。

乔治漠不关心地扫了一眼。

"好、好，很不错。"

他递还菜单。

查尔斯把他送到门口,稍微压低声音说:"我可否多说一句……我们心存感激,巴顿先生,您……又光临我们的餐厅了。"

乔治的脸上浮现出一丝微笑,更确切地说是一丝惨笑。他说:"我们必须忘掉过去……不能沉湎于往事。一切都结束了。"

"您说得很对,巴顿先生。您知道我们当时有多么震惊、多么伤心吗。我衷心希望小姐的生日派对快快乐乐的,事事都顺您的意。"

查尔斯优雅地鞠了一躬,退下去了,然后像只愤怒的蜻蜓,奔向在一张靠窗的桌旁做错事的低级侍者。

乔治唇边挂着一丝冷笑走了出去。他不是那种想象力丰富到同情卢森堡餐厅的人。毕竟,罗斯玛丽决定在这里自杀,或者某个人决定在这里杀死她,并不是卢森堡餐厅的错。这对卢森堡餐厅来说太残忍了。但和大多数有想法的人一样,乔治只想到了这个。

他在他的俱乐部里吃了午饭,然后去开董事会。

回办公室的路上,他在公共电话亭打了个电话。走出电话亭时他松了一口气,一切都已按计划安排好了。

他回到办公室。

露丝立刻走过来。

"维克多·德瑞克。"

"怎么样?"

"恐怕有大麻烦了。有刑事诉讼的可能。他盗用了公款,而且时间相当长。"

"奥西尔维这么说的?"

"对。早上我给他打了个电话,下午,就在十分钟前,他回了电话。他说维克多相当厚颜无耻。"

"他就是无耻!"

"但他坚持说,如果钱还回去,那边就不会起诉了。奥西尔维先生见过高级合伙人,他说的好像没错。实际金额是一百六十五镑。"

"这么说,维克多大师想从这笔交易中净赚一百三十五镑?"

"恐怕是这样。"

"好吧,反正我们看穿了他的把戏。"乔治用冷酷得意的口气说。

"我让奥西尔维先生着手办理,这样可以吧?"

"我很愿意看到这个骗子坐牢,不过,还得替他母亲着想。她是个傻瓜,但也是个可爱的人。所以,维克多大师照旧能得逞。"

"你真是个好人。"露丝说。

"我?"

"我认为你是世界上最好的男人。"

他听了很感动,既高兴,又难为情。一时冲动,他抓起她的手吻了起来。

"最亲爱的露丝。我最亲爱的、最最好的朋友,没有你我可怎么办啊?"

他们靠得很近。

她心想:我本可以跟他一起快乐地生活。我本可以让他幸福,要不是……

他心想:我该采纳瑞斯的建议吗?该放弃整个计划吗?那样会比较好吗?

犹豫在他的心头盘旋了一会儿,然后飞走了,他说:"九点半,卢森堡餐厅见。"

第六章

大家都来了。

乔治松了一口气。直到最后一刻,他还在担心有人会食言,还好,他们都来了。斯蒂芬·法拉第,壮实呆板,做派有点浮夸。桑德拉·法拉第穿一件丝绒长袍,戴着一串绿宝石项链。这个女人有教养,这一点毫无疑问。她的态度自然、不做作,或许比往常更亲切一些。露丝依旧穿着黑色的衣服,除了一只镶了珠宝的发夹,没有其他饰物。她乌黑的头发光泽顺帖,脖子和手臂雪白——比其他女人都白。露丝是职业女性,没有大把闲暇时间悠闲地把自己晒黑。他的目光与她的相遇,她好像看出了他眼中的焦虑,于是对他微微一笑,让他放心。他的心情振奋起来了。忠诚的露丝。他身旁的艾丽斯不太正常,沉默不语。她知道这是一次非同寻常的聚会,而且只有她一个人表露出来了。她面色苍白,但从某种意义上来说,这恰好适合她,给人一种稳重的美感。她穿了一条样式简单的叶绿色直筒连衣裙。安东尼·布朗是最后一个到的,在乔治眼中,他的步子迅捷无声,好似某种野生动物——黑豹,或者美洲豹,这家伙实在不太文明。

人都到齐了——都安全落入了乔治设下的圈套。现在,好戏就要开演了……

喝完鸡尾酒,他们起身穿过拱门,走进餐厅。

跳舞的男女，轻柔的黑人音乐，敏捷熟练地穿梭其间的侍者。

查尔斯走向前，笑容满面地引导他们入座。房间的另一端，一个带拱门的凹室里摆着三张桌子——正中间一张大桌，两边各有一张两人坐的小桌。一个面色病黄的外国人和一个金发美女占用了一张，另一张桌旁则坐着一对身材瘦弱的年轻男女。正中间那桌是乔治·巴顿为此次聚会预定的。

乔治亲切地请大家入座。

"桑德拉，你坐这儿，我右边，好吗？布朗挨着她。艾丽斯，亲爱的，这是为你举行的宴会，我必须请你坐在我身边。你坐她旁边，法拉第。然后是你，露丝——"

他迟疑了一下——露丝和安东尼之间有一把椅子空着，桌旁摆了七把椅子。

"我的朋友瑞斯可能要晚点到。他说不必等他，他不一定什么时候来。我想让大家认识一下他，他是个挺棒的家伙，周游世界，可以给你们讲一大堆奇闻逸事。"

艾丽斯坐下来时心里一阵愤怒，乔治是故意这么干的——把她和安东尼分开。露丝应该坐在她这个位置上——她老板身边。看来乔治还是不喜欢、不信任安东尼。

她偷偷隔着桌子瞄了一眼安东尼，后者皱着眉头，没看她。安东尼用锐利的眼神斜了一眼身旁的空座，说："很高兴您又邀请了一位男士，巴顿先生。我可能要早点走，刚才碰上了一个熟人，推托不掉。"

乔治微笑道："空闲时间还忙正事吗？布朗先生，您还年轻，不必如此。我还不知道您到底是做哪一行的呢。"

谈话意外中断。安东尼的回答审慎且冷静。

"有组织的犯罪,巴顿。只要有人问起,我都会这么说。有预谋的抢劫、有特色的盗窃,以及上门伺候各个家庭。"

桑德拉·法拉第笑着说:"您是做军火生意的吧,布朗先生?时下的军火商可是反派人物。"

艾丽斯看到安东尼惊讶地睁大了眼睛,然后满不在乎地说:"你可不要出卖我,亚历山德拉夫人,这是秘不可宣的事。到处都是外国间谍,不能口无遮拦。"

说完他假装严肃地摇了摇头。

服务员拿走了牡蛎盘。斯蒂芬问艾丽斯想不想跳舞。

过了一会儿,他们都跳起舞来。气氛轻松了一些。

很快就轮到艾丽斯与安东尼共舞了。

她说:"乔治太恶劣了,不让我们俩坐在一起。"

"不,他太仁慈了。我正好可以隔着桌子随时看你。"

"你不会真要早走吧?"

"也许。"他又立刻说,"你知道瑞斯上校要来吗?"

"不知道,一点都不知道。"

"太奇怪了。"

"你认识他?哦,对了,那天你说过。"她又说,"他是个怎样的人?"

"没人了解。"

他们回到桌上。夜越来越深了,原本已消散的不安感又聚拢起来。席上弥漫着紧张的气氛,只有主人看起来和蔼可亲、无忧无虑。

艾丽斯注意到他看了一下表。

忽然,一阵鼓声响起,灯光暗了下去,餐厅里又升起一座舞台。大家把椅子稍微向后推了推,侧身坐。三对男女占据了舞池,他们后面跟着一个会发出各种声响的男人。火车声、蒸汽压路机声、飞机声、缝纫机声、牛的咳嗽声。他表演得很成功。接下来,兰尼和弗洛表演舞蹈,与其说是舞蹈,不如说是空中飞人。掌声更热烈了。然后是卢森堡六重奏。灯光再次亮了起来。

所有人都眨了眨眼睛。

与此同时,大家似乎都突然从束缚中解放出来了,似乎都下意识地期待着什么,结果什么也没发生。因为上次灯光亮起时,他们发现一具死尸趴在桌子上。此刻,过去似乎真的过去了——湮没无踪了。一场过去的悲剧的阴影消失了。

桑德拉愉快地转向安东尼。斯蒂芬观察着艾丽斯,露丝探身向前加入他。只有乔治坐在那儿,瞪着眼睛盯着对面那把空椅子,椅子前面的那个地方,杯子里有香槟酒。随时会有人来,坐在那里——

艾丽斯用胳膊肘碰了他一下,唤醒他。

"醒醒,乔治,跳舞去吧。你还没跟我跳过呢。"

他站起身,对她微笑,举起杯。

"我们先来干一杯——敬这位过生日的姑娘。艾丽斯·玛尔,祝你永远健康!"

大家笑着喝了这杯酒,然后全部起身跳舞,乔治和艾丽斯,斯蒂芬和露丝,安东尼和桑德拉。

这是一支轻快的爵士舞曲。

他们又一起说说笑笑地回来坐下。突然,乔治身体前倾。

"我对诸位有个请求。大概一年前,我们来过这里,那个夜晚以悲剧收场。我不想唤起悲伤的回忆,但我也不愿意罗斯玛丽被完全遗忘。我想请各位为她干一杯——以示怀念。"

他举起了杯。所有人也顺从地举起了杯,他们的脸上戴着礼貌的面具。

乔治说:"为怀念罗斯玛丽干杯!"

所有杯子都被举到唇边。他们喝了。

一阵寂静,接着,乔治的身体向前摇晃,跌在椅子上。他双手狂乱地抓向脖子,呼吸困难,脸变成了紫色。挣扎一分半钟后,他死了。

第三部 艾丽斯

"我以为死者会安息,
　但并非如此……"

第一章

瑞斯上校走进苏格兰场,填好递过来的表格,几分钟后,他就在肯普探长的办公室里跟他握上手了。

他们俩很熟。肯普会让人联想到他的前辈巴特尔。的确,他在巴特尔手下干了很多年,可能不自觉地模仿了他的很多习性。他们俩像是一个模子刻出来的,只是巴特尔会让人联想到柚木或橡木,肯普则是更华丽一点的木材,比如桃花心木,或者老式的上好红木。

"谢谢你给我们打了电话,上校,"肯普说,"办这个案子我们需要所有可能的帮助。"

"看来我们找对人了。"瑞斯说。

肯普没有谦虚地否认,接受了这个毋庸置疑的事实。只有极其微妙、影响力极广或者最重要的案子才会落到他手上。他一本正经地说:"这事关系到基德明斯特家族。你能想象吧,这意味着谨慎从事。"

瑞斯点点头。他见过亚历山德拉·法拉第夫人几次。一个地位无懈可击的沉默的女人,竟然跟这种耸人听闻的社会新闻扯在了一起,简直荒诞离奇。他听过她的演讲——算不上雄辩,但清晰干练、紧扣主题,完成得很出色。

这种女人所做的公益事业天天上报,但私生活方面,除了枯燥无味的家庭背景,你就什么都看不到了。

然而,他想,这种女人也是有私生活的。她们懂得失望、爱,以及嫉妒的痛苦。孤注一掷时她们也会失控,甚至冒生命的危险。

他好奇地问:"这是她'干的吗',肯普?"

"亚历山德拉夫人?你认为是她干的,先生?"

"我不知道。假设而已。或者是她丈夫,那个在基德明斯特家庭庇护下的男人。"

肯普探长海绿色的眼睛坚定且平静地凝视着瑞斯的黑眼睛。

"如果是他们中的一个犯了谋杀罪,我们也会尽全力绞死他或她,这你是知道的。在这个国家,凶手会被公正地对待。但我们必须掌握确凿的罪证——检察官会坚持这一点。"

瑞斯点了点头,然后说:"我们言归正传吧。"

"乔治·巴顿死于氰化钾中毒——一年前,他太太也是这么死的。你说你当时也在那家餐厅?"

"对。巴顿邀请我参加那个聚会,我拒绝了。我不喜欢这个主意。我反对他这么做,还劝他如果他对太太的死因存疑,应该去找合适的人——比如你。"

肯普点点头。

"确实应该这么做。"

"但他固执己见,非要为凶手设圈套,还不肯告诉我是怎样的圈套。这个事搞得我心神不宁,所以,昨天晚上我去了卢森堡餐厅。当然,我坐在离他们有一段距离的地方——我不想太扎眼。可惜,我什么都无法提供,我没看出任何可疑之处。只有他们那群人和服务员靠近过那张桌子。"

"哦,"肯普说,"这样范围就缩小了,不是吗?他们中间的一个，要么就是那个服务员，朱塞佩·波尔萨诺。我今天上午又找他来问话了。我想你可能想见见他，但我不认为他和这起命案有什么关系。他已经在卢森堡餐厅工作十二年了——名声好，已婚，三个孩子，无不良记录，和所有客人都相处得很好。"

"那就剩下客人了。"

"是的。这次和巴顿太太死那次……是同一批人。"

"那个案子怎么样了，肯普？"

"鉴于这两起案子呈现出明显的关联性，我便着手调查。那个案子由亚当斯负责，不是我们所谓的明确的自杀案件，但自杀的可能性最大。在没有直接证据表明是他杀的情况下，就姑且看作自杀了，没有别的办法。你知道，我们的档案里有很多类似的案子，打着问号的自杀案件。公众不知道有问号，但我们记在心里，有时候会默默地继续追查。"

"有的时候会有东西突然冒出来，有的时候没有。这个案子就毫无进展。"

"到目前为止。"

"是到目前为止。有人暗示巴顿先生他太太是被人谋杀的，于是他就忙活起来了。他等于证明了自己的想法是对的——到底对不对，我不知道——但凶手肯定认为是对的。所以，凶手就慌了神，做掉了巴顿先生。依我看情况就是这样，希望你同意我的看法。"

"哦，是的，这部分似乎足够清楚了。天知道那个'圈套'是什么。我注意到那桌有一把空着的椅子，也许他是在等某个意想不到的见证人。总之，结果比预想的严重，凶手慌了，因此，他或她，没等陷阱张开就动手了。"

"嗯，"肯普说，"现在有五个嫌疑人。而且，第一个案子——巴顿太太的事，还得继续查下去。"

"你确定那不是自杀？"

"这起谋杀案似乎证明了她不是自杀身亡的。不过你不能因为我们那时候接受了自杀的结论而怪罪我们。当时是有些证据的。"

"流感引起的精神抑郁？"

肯普木雕般的脸上漾起笑纹。

"那是提交给死因裁判法庭的。与医疗证据吻合，也免得伤害大家的感情。这种事每天都发生。此外还有一封她写给妹妹的信，只写了一半，表明要如何分配她的私人财产；这说明她有过自杀的念头。她确实精神抑郁，这一点我并不怀疑。可怜的女人。女人这么做，十有八九是因为感情纠纷，男人则大部分是因为钱的问题。"

"这么说，你知道巴顿太太有婚外情？"

"是的，我们很快就查出来了。他们很谨慎，但我们没费多大力气。"

"斯蒂芬·法拉第？"

"对。他们经常在伯爵阁路那边的一个小公寓里幽会，持续了六个多月。也许他们吵了一架，要么就是他厌倦了她，反正，她不是第一个因为一时绝望而结束自己生命的女人。"

"以在餐厅里服用氰化钾的方式？"

"对，或许她想搞得戏剧一点，让他亲眼看着她死。有些人非常热衷于制造惊人之举。根据我们的调查，她不怎么在意传统习俗——男方则比较谨慎。"

"他太太知道他金屋藏娇吗？"

"据我们所知，她毫不知情。"

"但她依旧有可能知道，肯普。她不是那种情感外露的女人。"

"哦，确实如此。那他们俩都有嫌疑。她出于嫉妒，他为了自己的事业，万一离婚，他的前途就没了。如今离婚没从前那么要紧了，但离婚对他来说意味着与基德明斯特家族为敌。"

"那个女秘书呢？"

"她也有可能。她可能一直爱着乔治·巴顿。他们的工作关系很亲密。有一种说法是她很喜欢他。事实上，昨天下午，一个总机小姐还学着巴顿的样子，握着露丝·莱辛的手，说没有她他不知道该怎么办。露丝小姐走出办公室时当场抓住了演得正欢的她们，她立刻辞退了那个女孩，多给了她一个月的薪水，叫她滚蛋。她好像对这种事很敏感。再有，那个得到了一大笔钱的妹妹……这个也不能忽略。看起来是个好孩子，但谁也说不准。还有巴顿太太的另一个男朋友。"

"我很想听你说说他。"

肯普慢悠悠地说："情况很少——很少，却都不太好。他的护照没问题。他是美国公民，但关于这个人，我们查不出任何情况。无论对他有害的还是有利的。他住在克拉里奇酒店，并偶然结识了迪尤斯伯里爵士。"

"会不会是个骗子？"

"有可能。迪尤斯伯里好像相信了他——要他留下来。正值关键时刻。"

"军火。"瑞斯说，"迪尤斯伯里工厂的新坦克试验出了问题。"

"对。这个叫布朗的家伙自称对军火感兴趣。他刚来不久，他们就发现了蓄意破坏的活动——正是时候。布朗结识了很多迪尤斯伯里的密友,他似乎认识了所有跟这个军火公司有关系的人。结果,他们给了他很多在我看来绝对不该给他看的东西。他来到这附近不久,工厂就出了一两次严重的问题。"

"安东尼·布朗先生是个有趣的人,不是吗?"

"是的。显然,他很有魅力,并懂得充分利用。"

"巴顿太太是怎么卷进来的?乔治·巴顿和军火圈没关系吧?"

"没有,但他们的关系似乎相当亲近。他可能给她透露了一些情况。上校,没有谁比你更清楚一个漂亮女人能从男人身上得到什么。"

瑞斯点点头。他知道探长指的是他负责过反间谍部门,而不是像某些无知的人所以为的——他的私生活不检点。

沉默了一两分钟,他说:"你找到乔治·巴顿收到的那些信了吗?"

"找到了,昨天晚上在他家的书桌里找到的。玛尔小姐帮我找到的。"

"你知道,我对那些信很感兴趣,肯普。专家的意见是什么?"

"便宜的纸,普通的墨。指纹显示,乔治·巴顿和艾丽斯·玛尔都碰过信,信封上还有很多无法辨认的指纹——邮局员工什么的。信是打印出来的,专家说出自某个健康状况良好且受过良好教育的人之手。"

"受过良好的教育,所以不是仆人?"

"大概不是。"

"那就更有趣了。"

"这意味着也可能是其他人,至少有嫌疑。"

"某个不找警察的人。他打算引起乔治的疑心,但没有采取进一步的行动。有一点很奇怪,肯普。不可能是他自己写的吧?"

"有可能。可是他为什么要这么做?"

"作为自杀的序幕——他的意图是让自杀看起来像他杀。"

"为斯蒂芬·法拉第预定一条绞索?这是一种想法,但他必须确保一切证据都指向法拉第是杀人凶手。事实上,我们没有任何对法拉第不利的证据。"

"氰化钾呢?找到包装了吗?"

"找到了。桌子下面有一个小白纸包,里面还有一些氰化钾粉末。纸包上没有指纹。当然,在侦探小说里,一定是某种特殊的纸,或者是以某种特殊的方式折起来的。我想给这些侦探小说家上一堂日常工作课,他们很快就会明白,大部分东西是无迹可寻的,没有任何值得注意的地方!"

瑞斯露出微笑。

"这个说法太绝对了。昨天晚上,有人注意到什么了吗?"

"其实,我今天才着手调查此事。昨天晚上我给所有人做了简短的笔录,然后和玛尔小组回到艾尔维斯顿广场,检查了巴顿的书桌和各种文件。今天我会做一个更详细的笔录,包括凹室里旁边那桌的人——"他哗啦哗啦翻文件,"这儿呢。服役于掷弹兵近卫团的杰拉德·多灵顿和受人尊敬的帕特丽夏布赖斯·伍德沃思,一对已经订了婚的小情侣。我敢打赌,当时他们眼中只有彼此,除此之外什么也没看见。还有佩德罗·莫拉莱斯,一个讨厌的墨西哥佬,连眼白都是黄色的。还有克莉丝汀·香农小姐,一个以色相骗取男人钱财的金发美女。我敢打赌她也什么都没看见,她比你想象得还要蠢,见钱眼开。这几个人能发现线索的可能性微乎其微，但我还是记下了他们的姓名和地址，以防万一。我们从服务员朱塞佩问起。我让人把他叫进来。"

第二章

朱塞佩·波尔萨诺是个中年人，身材细长，长了一张猴脸。他有点紧张，但并不过分。他的英语讲得很流利，据他解释，他十六岁就到英国了，还娶了个英国老婆。

肯普对他很客气。

"好了，朱塞佩，让我们听听你又想起了什么。"

"这事搞得我很不高兴。我服务那桌，我倒的酒。人们会说我精神错乱，说我在酒里下了毒。事实不是这样的，但人们会这么说。戈德斯坦先生说我最好休息一个星期，免得人们问东问西、指指点点。他办事公道，为人也正直，他知道这不是我的错，我在那里工作很多年了，所以，他不会像其他餐厅老板那样解雇我。查尔斯先生也是，他对我很好，但我还是挺倒霉的，而且我很害怕。我问我自己，我有仇人吗？"

"哦，"肯普面无表情地说，"你有吗？"

那张悲伤的猴子脸抽搐了几下，大笑起来。朱塞佩摊开双手说："我？我在这个世界上一个仇人都没有。好朋友倒是有很多，就是没有仇人。"

肯普哼了一声。

"现在说说昨天晚上香槟的事。"

"凯歌香槟，一九二八年的，很好、很贵的酒。巴顿先生就是这样，喜欢好酒好菜，最好的东西。"

"他事先定好的酒？"

"是的。他和查尔斯安排好了一切。"

"桌旁的那个空位子呢？"

"那个也是他事先安排的。他告诉了查尔斯，查尔斯告诉了我，说有个姑娘晚一点要坐到那个位子上。"

"姑娘？"瑞斯和肯普面面相觑，"你知道那个姑娘是谁吗？"

朱塞佩摇摇头。

"不知道。我什么都不知道。我只听说她会晚点到。"

"继续说酒，一共几瓶？"

"两瓶，还有一瓶备用的。第一瓶很快就喝光了，第二瓶是在卡巴莱歌舞表演开始前不久打开的。我斟满所有的杯子，把酒瓶放在冰桶里。"

"你最后一次注意到巴顿先生举杯是什么时候？"

"我想想啊，卡巴莱歌舞表演结束后。他们为那位小姐的健康干杯，那天她过生日，理所应当。然后他们去跳舞。跳完舞，他们回到座位上，巴顿先生喝下酒，一分钟后，他就死了！"

"他们跳舞的时候你倒酒了吗？"

"没有，先生。他们为那位小姐干杯的时候，酒杯是满的，他们没怎么喝，就喝了几口，杯子里还有很多酒。"

"他们跳舞的时候，有没有人——任何一个人——靠近过那张桌子？"

"一个人都没有，先生，我确定。"

"他们同时都去跳舞了？"

"对。"

"也是同时回来的？"

朱塞佩眯起眼睛努力回想。

"巴顿先生第一个回来的,和那位小姐一起。他比其他人富态一点,跳的时间不长,您懂的。然后是那位绅士,法拉第先生,还有穿黑衣服的小姐。亚历山德拉·法拉第夫人和那位肤色比较黑的绅士是最后回来的。"

"你认识法拉第先生和亚历山德拉夫人?"

"是的,先生。我经常在卢森堡餐厅见到他们,他们很引人注目。"

"朱塞佩,如果有人往巴顿先生的杯子里放东西,你会注意到的吧?"

"这我可不敢保证,先生。我还得招呼其他桌的客人,凹室里的另外两桌和大厅的两桌。我还得端菜。我没一直盯着巴顿先生那桌。卡巴莱歌舞表演结束后,几乎所有人都起来跳舞了,那个时候我就站在一边,所以,我确定当时没有人靠近过那张桌子。但是客人们一坐下,我就又忙活起来了。"

肯普点点头。

"不过,我想,"朱塞佩继续说,"这么做很难不被人发现。在我看来,只有巴顿先生可以。但是您不这么认为吧?"

他以询问的目光看着警官。

"这就是你的看法,是吗?"

"当然,我什么都不知道,我只是怀疑。就在一年前,那位美丽的夫人,巴顿太太,自杀了。巴顿先生会不会太伤心,决定以同样的方式自杀?很有诗意。这对餐厅不好,但是想自杀的人是不会想到这一点的。"

说完,他急切地看向两个人,目光来回穿梭。

肯普摇头。

"我不相信事情会这么简单。"他说。

他又问了几个问题，然后打发朱塞佩走了。

朱塞佩关上门后，瑞斯说："我在想，也许我们应该接受这个想法？"

"伤心过度的丈夫在太太的忌日自杀？可那天不是她的忌日，虽然日子很近。"

"那天是万灵节。"瑞斯说。

"没错。是啊，可能他就是这么想的。但如果是这样，那两封被保存起来的信又是谁写的呢，巴顿先生跟你商量过，还把那两封信拿给艾丽斯·玛尔看了。"

探长看了一下表。

"十二点半我要赶到基德明斯特公馆。这之前，我们还有时间去见见那两桌人——能见几个算几个。跟我一起去吧，上校？"

第三章

莫拉莱斯先生住在丽兹饭店。上午的这个时候他简直惨不忍睹,胡子没刮、眼白充血,一副宿醉未醒的样子。

莫拉莱斯先生是美国人,但一口美国话说得不太地道。尽管他声称乐意尽力回想,但他对昨晚的记忆明显十分模糊。

"跟克里希去的——那个宝贝太现实!她说那是个好去处。甜心,我说,你说上那儿就上那儿。那是个高级的地方,我承认——但他们可真敢要钱!坑了我三十块。乐队是垃圾,一首劲曲都不会演奏。"

话题从他自己的故事上移开,莫拉莱斯先生被迫回想凹室中间那桌的情况。这方面他帮不上什么忙。

"确实有张桌子,几个人坐在那儿。但是我不记得他们都长什么样了。我没怎么注意他们,直到那个家伙嗝儿屁。不过一开始他就喝多了。对了,我记得有个女的。黑头发,挺骚的。"

"你是说那个穿绿色天鹅绒裙子的女孩?"

"不,不是那个。那个丫头皮包骨,这宝贝一身黑,曲线毕露。"

吸引莫拉莱斯先生眼珠骨碌转的是露丝·莱辛。

他赞赏地皱起鼻子。

"我看着她跳舞——哎呀,那宝贝挺会跳啊!我给她发了一两次暗号,但她的眼神冷冰冰的,典型的英国人,根本没理我。"

从莫拉莱斯先生口中套不出什么有价值的东西了。他自己也承认,卡巴莱歌舞表演前他就喝高了。

肯普对他表示感谢,准备告辞。

"我明天坐船回纽约,"莫拉莱斯说,"你不……"他满怀渴望地问,"希望我留下来吗?"

"谢谢您,不过我认为庭审的时候不再需要您的证词了。"

"要知道,我在这儿玩得很爽。要是警方的事,公司就不会发牢骚。警察让你留在原地不动,你就得留在原地不动。要是我好好想,没准能想起来什么呢!"

肯普拒绝上钩。他和瑞斯驱车前往布鲁克街,在那里迎接他们的是一位脾气暴躁的先生,尊敬的帕特丽夏布赖斯·伍德沃思的父亲。伍德沃思将军直言不讳地说了很多话。

怀疑他的女儿——他的女儿!跟这种事有牵连是什么意思?如果一个女孩跟她的未婚夫去餐厅吃饭都要被侦探和苏格兰场骚扰,英国会变成什么样?她根本不认识那些人。他们叫什么来着——哈巴德——巴顿?普通市民!这说明无论去哪儿,越小心越好。卢森堡餐厅一直是个不错的地方,但是很显然,这是那里第二次发生这种事了。杰拉德一定是傻子才会把帕特带到那儿去。这些年轻人啊,自以为什么都懂。无论如何,他不允许他的女儿被打扰、欺负、盘问,除非律师同意。他说他要给林肯律师学院的老安德森打电话,问他——

说到这儿,将军突然停下来,盯着瑞斯说:"我在哪儿见过你。是在……"

瑞斯回答得很及时,且面带微笑。

"贝德波,一九二八年。"

"天哪,"将军说,"这不是约翰尼·瑞斯吗?!你怎么会掺和进这件事?"

瑞斯露出微笑。

"肯普探长要见令爱时我正好在他那儿。我认为让肯普探长亲自来这儿会比叫她去苏格兰场更合她的意,而且,我想我要跟他一起来。"

"哦——呃——好,你心肠真好,瑞斯。"

"当然,我们想尽量不打扰小姐。"肯普探长插话道。

就在这时,门开了,帕特丽夏布赖斯·伍德沃思小姐走了进来,并以年轻人的冷静超然掌控了局面。

"嗨,"她说,"你们是从苏格兰场来的吧?想了解一下昨天晚上的情况?我一直盼着你们来呢。父亲是不是很烦人?不要这样,爸爸,你知道医生是怎么说你的血压的。你怎么遇到什么事都这样,我真是想不通。我带这两位警长或者警官去我的房间,再叫沃尔特斯给你送一杯威士忌苏打。"

将军急于立刻用几种猛烈的方式批评她,结果只迸出这么一句。"这位是我的老朋友,瑞斯上校。"听他这么一介绍,帕特丽夏顿时对瑞斯失去了兴趣,转而对肯普探长嫣然一笑。

颇有冷静的将门虎女风范的她带着他们离开,来到自己的起居室,坚定地把父亲关在他的书房里。

"可怜的爸爸,"她评论道,"大惊小怪的。其实他很好对付。"

谈话在十分友好的氛围中进行,但收获很少。

"真是气人,"帕特丽夏说,"这可能是我这辈子唯一一次出现在凶杀现场——是凶杀案吧?报纸上说得很谨慎、很含糊,但是我在电话上对盖瑞说,这肯定是凶杀案。想想,一起凶杀案就发生在我身边，我却没看！"

语气中遗憾的意味显而易见。

很显然，正如肯普探长郁闷地预测的那样，这对一个星期前才订婚的年轻人眼中只有彼此。

尽管想好好表现一下，但是帕特丽夏布赖斯·伍德沃思也只能想起几个人。

"桑德拉·法拉第的样子很时髦，不过她一向如此。她穿了件夏帕瑞丽牌的衣服。"

"你认识她？"瑞斯问。

帕特丽夏摇摇头。

"见过而已。法拉第先生看上去相当无趣，我一直这么认为。那么浮夸，和大部分政客一样。"

"你见过其他人吗？"

她摇头。

"没见过。一个都没见过，至少我这么觉得。其实，要不是那件夏帕瑞丽牌的衣服，我也注意不到桑德拉·法拉第。"

离开那栋房子后，肯普探长严肃地说："看着吧，多灵顿肯定说的一模一样，只是不会有一个什么服装品牌吸引他的注意力。"

"我不认为，"瑞斯说，"斯蒂芬·法拉第那件礼服的剪裁可能会让他动心。"

"哦，好了，"探长说，"我们去克莉丝汀·香农那儿试试。然后这些极微小的可能性就可以排除了。"

正如肯普探长所说，香农小姐是个金发美人。一头漂染的秀发被精心梳拢在脑后，衬托着一张柔和茫然的娃娃脸。或许她就像肯普探长断言的那么蠢，但模样确实养眼。一双淡蓝色的大眼睛闪烁着一丝狡黠的光,这说明她的愚蠢只是智识方面的,而粗浅常识和财物知识方面她必定在行。

她十分热情地接待了他们,使劲儿劝他们喝酒,被拒绝后她又给他们递烟。她的公寓很小,装修成廉价的现代风格。

"我很乐意帮忙,探长。您尽管问吧。"

肯普先问了几个常规问题,关于中间那桌人的行为举止。

克莉丝汀立刻显示出她是一个极其敏锐且精明的观察者。

"聚会不算太成功——您也看出来了。呆板到了极点。我真替那个家伙难过——举办宴会的那个。他用尽全力想让气氛活跃起来,但还是紧张得像一只走在钢索上的猫,使出浑身解数也没多大用。我还看出来,坐在他右边的那个高个子女人很拘谨,他左边的那个小女孩气坏了,因为没能跟对面那个好看的皮肤黝黑的男孩坐在一起。至于她旁边那个皮肤白皙的家伙,好像肚子不舒服,吃起东西来随时会被噎着似的。他旁边那个女人尽了最大的努力,但似乎依然心神不定。"

"你好像注意到了很多东西,香农小姐。"瑞斯上校说。

"我给你们透露一个秘密。那天晚上我并不是很开心,我跟我那个男朋友连着出去了三个晚上,我开始厌烦他了!他想看遍伦敦——尤其是他所谓的上流场所。我得替他说句话,他并不吝啬,每回都有香槟酒。我们去了孔普拉多和千花,最后去了卢森堡,他很开心。从某种意义上来说,又有点可悲。他的言谈算不上有趣,老讲他在墨西哥做生意的漫长的经历,大部分故事我都听过三遍了。再就是谈他认识的女人们,说她们多么为他疯狂,那种事听一会儿就腻了。你得承认,佩德罗没什么看头,所以我就专心吃东西,四处看看。"

"哦,从我们的角度来说,这太好了,香农小姐。"探长说,

"我只希望你看到了可以帮助我们解决问题的东西。"

克莉丝汀摇了摇她金色的脑袋。

"我不知道是谁做掉了那个老家伙——完全不知道。他只是喝了杯香槟,然后就脸色变紫,倒下去了。"

"你还记得那次之前他最后一次举杯是什么时候吗?"

她想了想。

"哦,记得,卡巴莱歌舞表演刚结束。灯光又亮起来了,他举起杯子,说了几句话,其他人也照着他的样子做。好像是祝酒什么的。"

探长点点头。

"然后呢?"

"然后音乐声又响起来了,他们全都起身去跳舞,笑着把椅子向后推。第一次跳舞像是热身。香槟酒对这么拘束的聚会也起到了如此美妙的作用。"

"他们都去跳舞了——桌子空了?"

"对。"

"而且没有一个人碰过巴顿先生的杯子。"

"一个人都没有。"她立刻回答,"我非常确定。"

"而且,他们离开时,没有人——没有一个人,靠近过那张桌子。"

"没有一个人,当然,除了服务员。"

"服务员?哪个服务员?"

"一个小毛孩,腰上系着条围裙,大约十六岁。不是真正的服务员吧。那是个很有礼貌的小家伙,长得很像猴子,我猜他是意大利人。"

探长点了一下头,他明白了,她描述的应该是朱塞佩·波尔萨诺。

"他做了什么,这个年轻的服务员?把酒杯斟满了?"

克莉丝汀摇了摇头。

"哦,不是。他没碰桌上的任何东西,只是捡起了大家起身时一个女孩掉在地上的晚宴包。"

"谁的包?"

克莉丝汀想了一两分钟,然后说:"对了,是那个小女孩的包——绿色和金色相间的。另外两个女人拿的是黑色的包。"

"那个服务员把那个包怎么样了?"

克莉丝汀露出惊讶的表情。

"他把包放回桌上了啊。"

"你确定他没有碰过任何杯子?"

"哦,没有。他放下包就走了,因为一个真正的服务员催他去什么地方,或者拿什么东西,不然,一切都是他的错!"

"这是唯一一次有人靠近那张桌子?"

"对。"

"但是,你也有可能没注意到还有人靠近过那张桌子,对吧?"

克莉丝汀非常坚决地摇头。

"不会,我很确定没有人靠近过。要知道,那会儿佩德罗去接了个电话,一直没回来,我没事可做,就到处看,很无聊。我很擅长观察,而且在我坐的位置没什么可看的东西,除了旁边那张空桌子。"

瑞斯问道:"谁第一个回来的?"

"穿绿衣服的女孩和那个老头子。他们坐下来后,那个金发白肤的男人和穿黑衣服的女孩回来了,这之后是那个傲慢的女人和肤色黝黑的英俊男孩——他的舞跳得不错。他们都回来以后，服务员用酒精灯热了一盘菜，然后那个老头子倾身向前，说了一番话，所有人又举起杯。接着就发生了那件事。"克莉丝汀停了一下，用欢快的语气说，"很可怕，是不是？当然了，当时我还以为他中风了。我姨妈中过风，她就是那样倒下去的。就在这个时候，佩德罗回来了，我说：'你看，佩德罗，那个人中风了。'佩德罗说：'只是昏过去，只是昏过去了而已。'他看起来的确像是昏过去了。我必须盯着点佩德罗。卢森堡这种地方可不喜欢客人昏过去，这就是我不喜欢拉丁人的原因，他们喝多了一点也不高雅——女孩子永远不知道会遇到什么煞风景的事。"她沉思了一会儿，瞥了一眼右手腕上那只俗艳的手镯，又说，"不过，我必须说，他们还是挺大方的。"

肯普温和地把她的注意力从女孩的努力与报偿中引开，又让她讲了一遍这个故事。

"这是我们寻求外围线索的最后一次机会，现在这个机会也没了。"离开香农小姐的公寓后，肯普对瑞斯说，"有线索的话，倒是个好机会。这个女孩是个合适的见证人，能发现东西，而且记得很准。如果有什么可看的东西，她肯定能看见。所以，答案是，没什么可看的。不可思议。简直像变魔术！乔治·巴顿喝了香槟，去跳舞，回来后拿起同一个没人碰过的杯子，嘿，变！里面充满了氰化钾。太奇怪了，我告诉你，不可能的事竟然发生了。"

他停顿了一会儿。

"那个服务员，那个小男孩，朱塞佩从来没提过他。我要查一查。毕竟，他们都去跳舞的时候，只有他靠近过那张桌子，这里面可能有问题。"

瑞斯摇了摇头。

"如果他往巴顿的杯子里放了东西，那个女孩肯定能看见。她观察事物细致入微，脑子里没什么可想的，就用眼睛看。不，肯普，一定有某种特别简单的解释，不过我们得找到才行。"

"是啊，有一个，他自己下的毒。"

"我开始相信事情就是这样的了，只能是这样。但如果是这样的话，肯普，我认为他不知道那是氰化钾。"

"你的意思是，某个人给他的？告诉他这是治疗消化不良或者高血压之类的药？"

"有可能。"

"那个人会是谁呢？不会是法拉第夫妇。"

"当然不太可能是他们。"

"我觉得安东尼·布朗的可能性也不大。这样就只剩下两个人了，亲爱的小姨子……"

"和忠实的秘书。"

肯普看着他。

"对，她可能会往他身上栽这种赃。我得去基德明斯特公馆了。你呢？想去看望一下玛尔小姐吗？"

"我想我还是去见另外那位吧——办公室里的那位。再悼念一下老朋友。我可能会带她出去吃午饭。"

"原来你是这么想的。"

"我还什么都没想呢，只是在寻找蛛丝马迹。"

"那你也应该见一下艾丽斯·玛尔。"

"我会去见她，但我更想在她不在的时候去一趟她家。你知道为什么吗，肯普？"

"我肯定不知道。"

"因为那里有个人说起话来叽叽喳喳的,像小鸟一样叽叽喳喳……我年轻那会儿有句俗话——'那是一只小鸟告诉我的。'真的,肯普,这些叽叽喳喳的人,只要你任凭他们叽叽喳喳,他们就会告诉你很多东西!"

第四章

二人分道而行。瑞斯拦下一辆出租车送他去城里乔治的办公室。肯普探长在乎花费，搭了趟公交车去了不远处的基德明斯特公馆。

探长迈上台阶，摁下门铃时面色十分严峻。他知道他会面临困境。基德明斯特是强大的政治家族，势力覆盖全国。肯普探长完全相信英国的法律是公正的。如果罗斯玛丽·巴顿或乔治·巴顿的死牵涉到斯蒂芬或亚历山德拉·法拉第，任何门路或势力都不能让他们逃脱责罚。但是，如果他们是清白的，或者对他们不利的证据过于模糊，不足以证明他们有罪，那么，负责这个案子的警官就必须谨慎行事，否则很容易遭到上司的斥责。在这种情况下，我们可以理解，探长并不喜欢摆在他面前的东西。他认为，基德明斯特一家很有可能——用他自己的话说，"让他碰钉子"。

然而，肯普很快发现，他的推断有点天真。基德明斯特爵士是个老道的外交家，不会采用粗鲁的手段。

表明来意后，肯普探长立即被一个傲慢的男管家带进了房子后部一个四壁是书、光线昏暗的房间，他发现基德明斯特爵士和他的女儿、女婿正在那里等他。

见他来了，基德明斯特爵士迎上前，跟他握手，亲切地说：

"您很准时,探长。非常感谢您能亲自来一趟,而不是让小女和女婿去苏格兰场。当然,有必要的话,他们很乐意去,这自不必说。他们非常感谢您的好意。"

桑德拉平静地说:"是的,确实如此,探长。"

她穿了一条深红色的、材质轻柔的裙子,背光坐在狭长的窗前,这让肯普不禁联想起他在外国一座大教堂的彩色玻璃上见过的一幅画像——她的长鹅蛋脸和略显骨感的肩膀有助于产生幻觉。圣什么来着?他们告诉过他那幅画的名字,但亚历山德拉·法拉第夫人不是圣徒,差得远呢。不过在探长看来,一些古代的圣徒不是和蔼亲切的普通基督徒,他们褊狭、狂热,对自己和他人都很残忍。

斯蒂芬·法拉第站在他太太身旁,面无表情。他看起来庄重拘谨,俨然一个由人民委任的议员。他把真我藏得很深。但探长知道,真正的他就在那里。

基德明斯特爵士在讲话,娴熟地引导着谈话的走向。

"我不会对您有所隐瞒的,探长,这件事令我们大家都很痛苦不悦。这是我的女儿和女婿被第二次牵扯进一件发生在公共场所的暴力死亡事件——同一家餐厅,同一个家庭的两名成员。这种事传出去对一个公众人物总是有害的。当然,传出去是不可避免的,我们都明白这一点。我女儿和法拉第先生都急于为您提供一切帮助,并希望此事尽快澄清,以便公众的兴趣减弱,直至消失。"

"谢谢您,基德明斯特爵士。非常感谢您有这样的态度,这样我们做起事来就容易多了。"

桑德拉·法拉第说:"尽管问吧,探长。"

"谢谢您,亚历山德拉夫人。"

"只是有一点，探长，"基德明斯特爵士说，"当然，您有您自己的信息来源，不过，我从我的朋友——警察局长——那里得知，这个叫巴顿的人，被认为是他杀，而不是自杀。尽管对外界来说，看起来像是自杀，自杀似乎是一种更有可能的解释。你认为是自杀，对不对，桑德拉，亲爱的？"

那幅哥特风格的画像微微点了一下头。桑德拉以一种思索的语气说："在我看来，昨晚的事显而易见。我们去了同一家餐厅，事实上，还是同一张桌子。去年，可怜的罗斯玛丽·巴顿就是在那儿服毒自杀的。夏天在乡下的时候，我们就发现巴顿先生不太对头，他真的很古怪，有点反常，我们都认为他太太的死令他耿耿于怀。您知道，他很喜欢她，我认为他还没有从痛苦中走出来。所以，虽然自杀的看法并非必然，但至少有这种可能，而且，我想象不出怎么会有人想谋害乔治·巴顿。"

斯蒂芬·法拉第很快说："我也想不明白，巴顿是个大好人。我相信在这个世界上，他一个仇人都没有。"

肯普探长看着三张看向他探询的脸，开口前先想了一会儿。最好让他们这么认为，他心想。

"您说得非常正确，我相信是这样的，亚历山德拉夫人。不过，有几件事，您或许还不知道。"

基德明斯特爵士急忙插话道："我们不是要强迫探长摊牌。公开什么事实完全由他自己决定。"

"谢谢，大人，不过，我没有理由不把事情解释得更清楚一些。归结一下，大概是这样：乔治·巴顿死前曾向两个人表示，他相信，我们也这样认为，他太太并非自杀身亡，而是被第三方毒死的。他当时在追查那个第三方。昨晚的宴会，表面上看是为玛尔小姐庆祝生日，其实是他制订的计划的一部分，目的在于查出杀害他太太的凶手。"

一阵沉默。沉默中，肯普探长虽然面无表情，内心却很敏感，他感觉到了某种被他归类为惊慌的气息。没有人的脸上流露出惊慌之色，但他确信存在惊慌。

基德明斯特爵士第一个恢复镇静。他说："哦，当然了，这个想法本身就指出一个事实，那就是，可怜的巴顿有点……呃……反常？丧妻之痛可能让他的神志有点错乱。"

"您说得很对，爵士，但这至少表明他绝对没有自杀倾向。"

"是啊——是啊，我赞同您的说法。"

又是一阵沉默。接着，斯蒂芬·法拉第突然说："可是，巴顿怎么会有这种想法呢？毕竟，巴顿太太就是自杀的啊。"

肯普探长平静地看了他一眼。

"巴顿先生并不这么认为。"

基德明斯特爵士插话道："警方满意自杀的结论吗？当时除了自杀，没有其他可能了吧？"

肯普探长平静地说："事实与自杀的说法吻合。没有证据表明她的死是由其他手段造成的。"

他知道基德明斯特这么有能力的人一定能明白这句话的确切含义。

肯普变得更官气了一点，他说："如果可以的话，现在我想问您几个问题。亚历山德拉夫人，可以吗？"

"当然。"她把头微微转向他。

"巴顿先生死时，您没有怀疑可能是他杀，而不是自杀吗？"

"当然没有，当时我确信是自杀。"她又说，"现在也一样。"

肯普没有就此追问下去，而是转而问道："这一年来，您收到过匿名信吗，亚历山德拉夫人？"

她沉着的态度似乎被震惊打破了。

"匿名信？哦，没有。"

"您确定？这种信非常令人不快，人们往往宁可不去理会，但在这个案子里可能特别重要，这就是为什么我要强调，如果您收到过这种信，一定要让我知道。"

"我明白了。不过，探长，我只能向您保证，我没有收到过这类东西。"

"很好。您说今年夏天，巴顿先生的举止很古怪。怎么个古怪法？"

她想了一下。

"呃，他很神经质、紧张，似乎很难专心听别人说话。"她扭过头看向她的丈夫，"你是不是也有这种感觉，斯蒂芬？"

"是，我认为这个描述很公正。那个人好像病了。他瘦了。"

"您注意到他对您和您先生的态度有什么变化吗？比如说，不那么热情了？"

"没有。正相反。他买了栋房子，您知道，离我们家很近，而且，他好像很感谢我们为他做的事——我的意思是，介绍当地情况什么的。当然，这方面我们很乐意帮忙。为了他，也为了艾丽斯·玛尔，那是个迷人的姑娘。"

"已故的巴顿太太是您的好朋友吗，亚历山德拉夫人？"

"不是，我们的关系不是很近。"她轻笑了一声，"其实，她主要是斯蒂芬的朋友。她对政治产生了兴趣，他就帮着——呃，在政治方面指导她……我相信，他很喜欢这么做。她是一个很有魅力、非常迷人的女人，您知道。"

"而您是一个聪明的女人。"肯普暗暗欣赏，"不知道您对那两个人了解多少——很多，我不该怀疑的。"他转而问道，"巴顿先生从来没对您表示过他太太并非自杀的看法吗?"

"没有,真的没有。这就是为什么我刚才那么吃惊。"

"玛尔小姐呢?她也没提过她姐姐的死?"

"没有。"

"知道是什么原因促使乔治·巴顿在乡下买房吗?是您或者您先生建议他买的吗?"

"不是。我们也很惊讶。"

"他对您一直很友善?"

"真的很友善。"

"您对安东尼·布朗了解多少,亚历山德拉夫人?"

"我对他真的一无所知,偶尔碰见过几次而已。"

"您呢,法拉第先生?"

"我可能比我太太知道的更少,她至少还跟他跳过舞。他似乎是个讨人喜欢的家伙——美国人,我想。"

"据您观察,他和巴顿太太有没有特殊的亲密关系?"

"我对此毫不知情,探长。"

"我只是问您的印象,法拉第先生。"

斯蒂芬皱起眉头。

"他们对彼此很友善……我只能这么说。"

"您呢,亚历山德拉夫人?"

"仅仅是我的印象吗,探长?"

"仅仅是您的印象。"

"那么,姑且不论是真是假,我的印象是,他们很熟,而且关系亲密。单从他们看彼此的眼神就能知道,但我没有具体的证据。"

"女人通常对这类事有良好的判断力。"肯普说。如果瑞斯上校在场,肯定会被探长说这句话时脸上露出的傻笑逗乐,"那个莱辛小姐呢,亚历山德拉夫人?"

"莱辛小姐,我知道她是巴顿的秘书。巴顿太太死那晚我是第一次见到她。后来,他们住在乡下的时候我又见过她一次,再有就是昨天晚上。"

"请让我再问您一个非正式的问题,我想问的是,您觉得她是不是爱上了巴顿先生?"

"这个我真的一点都不知道。"

"那我们聊聊昨晚的事吧。"

他详细询问了斯蒂芬夫妇那个悲惨的夜晚,他没抱太大希望,得到的信息只是证实了已经听到的情况。所有描述在重要的几点上都吻合——巴顿提议向艾丽斯敬酒,喝过酒后马上起身跳舞。他们一起离开了桌子,乔治和艾丽斯最先回来。至于那把空椅子,他们都给不出任何解释。除了乔治·巴顿说他在等一个朋友,瑞斯上校,那个人会晚点到——探长知道,他可能说的不是实话。桑德拉·法拉第说——她丈夫也同意——卡巴莱歌舞表演结束,灯光亮起来时,乔治曾盯着那把空椅子,样子很奇怪,似乎出了会儿神,别人跟他说话他也充耳不闻。后来他恢复了正常,提议为艾丽斯的健康干杯。

探长在这里得到的唯一算是新的信息是,桑德拉提到她和乔治在费尔黑文的一次对话,以及他恳求她和她先生务必在艾丽斯的生日宴上配合他。

这个托词貌似有理,探长想,但肯定不是真实意图。合上胡乱涂写了几个字的记事本,他站起身。

"非常感谢您,大人,还有法拉第先生和亚历山德拉夫人,谢谢你们的帮助和合作。"

"我女儿需要出席庭审吗?"

"这次的诉讼将非常正式,证词和医疗证据需要鉴定,因此庭审将推迟一个星期。到那时,"探长的语气稍微有了点变化,"希望我们会有些进展。"

他转向斯蒂芬·法拉第。

"哦,对了,法拉第先生,还有一两个小问题,我想您能帮到我。不必麻烦亚历山德拉夫人了。如果您给苏格兰场打电话,我们可以安排一个适合您的时间见面。我知道,您是个大忙人。"

话说得很动听,口气也随意,但在那三双耳朵听来却有特定的含义。

斯蒂芬做出一副友善配合的样子,尽力说出:"当然,探长。"然后,他看了一下表,喃喃道,"我必须去议院了。"

斯蒂芬匆匆离去,探长也走了,基德明斯特爵士转向他的女儿,开门见山地问了一个问题。

"斯蒂芬和那个女人有私情?"

回答前,他女儿犹豫了片刻。

"当然没有。如果有的话,我应该知道。不管怎么说,斯蒂芬不是那种人。"

"听我说,亲爱的,拼命向前跑没有好处,这种事注定会公之于众。我们必须了解我们现在的处境。"

"罗斯玛丽·巴顿是那个安东尼·布朗的朋友,他们俩形影不离。"

"好吧,"基德明斯特爵士慢悠悠地说,"你应该知道。"

他不相信女儿的话。慢慢走出房间时他面如土灰,神情茫然。他上楼去了太太的起居室。探长拜访时他禁止太太来书房,他很清楚她傲慢的态度容易引起敌对情绪,而在这个节骨眼上,他觉得和探长保持和谐的关系至关重要。

"怎么样?"基德明斯特夫人问,"处理得怎么样?"

"表面上看很好,"基德明斯特爵士慢慢地说,"肯普是个有礼貌的家伙,态度很和善,处理得很老练……有点太老练了。"

"这么说,事态很严重?"

"对,很严重。我们就不该让桑德拉嫁给那小子,维琪。"

"我当时就是这么说的。"

"是……是……"他承认,"你对了,我错了。但是,你听我说,无论如何,她都会嫁给他。一旦桑德拉下定决心,你就根本改变不了她的想法。她认识法拉第是个灾难——我们对他的家世背景一无所知。出现危机的时候,我们怎么知道他这种人会作出什么反应?"

"我明白了,"基德明斯特夫人说,"你认为我们把一个杀人凶手引到家里来了?"

"我不知道。我不想随便给他定罪,但警方是这么认为的,而且他们很精明。他和巴顿的女人私通过——这一点显而易见。要么她是因为他自杀,要么……呃,不管发生了什么,巴顿知道了,打算曝光这个丑闻。我想,斯蒂芬受不了了……就……"

"毒死了他?"

"对。"

基德明斯特夫人摇了摇头。

"我不同意你的看法。"

"我希望你是对的。但是,有人毒死了他。"

"要我说,"基德明斯特夫人说,"斯蒂芬绝对没胆量做那种事。"

"他对待事业的态度非常认真,有很高的天赋,你知道,他具备成为一名真正的政治家的素质。很难说一个人被逼入绝境时会做出什么事。"

他太太还是摇头。

"我还是认为他没那个胆量。你说的是赌徒，不顾后果的那种人。我害怕，威廉，怕极了。"

他瞪着她。"你是在暗示桑德拉……桑德拉……？"

"我讨厌这个想法，哪怕只是暗示一下。但是怯懦，不敢面对这种可能性，这些都没用。她痴迷那个男人，向来如此，而且桑德拉的性格有点古怪。我从来没真正了解过她，但是我一直为她担惊受怕。为了斯蒂芬，她甘愿冒险，一切风险。她可以不计任何代价。如果她疯狂邪恶到做出那种事，我们必须保护她。"

"保护？你什么意思——保护？"

"你要保护她。我们得为他们做点什么，不是吗？幸好你可以托各种关系。"

基德明斯特爵士目不转睛地看着妻子。他以为自己很了解妻子的性格，她务实的力量和勇气，但拒绝回避令人不快的事实和她的肆无忌惮还是令他震惊。

"如果我女儿是杀人凶手，你认为我应该利用我的公权为她脱罪？"

"当然了。"基德明斯特夫人说。

"我的好维琪！你不明白！我不能这么做。这会损害我的……名誉。"

"胡说！"基德明斯特夫人说。

他们注视着彼此，分歧如此之大，以至于看不到彼此的观点。就像阿伽门农和克吕泰涅斯特拉瞪视彼此，嘴上挂着伊菲革涅亚的名字。①

"你可以迫使政府向警方施压,这样,案子就会撤销,做出自杀的裁决。以前你这么干过,别装了。"

"那次事关国家政策,是为了国家的利益。而这次是私事。我很怀疑我能不能做出这种事。"

"有足够的决心就能。"

基德明斯特爵士气得满脸通红。

"能这么做我也不愿意!那是滥用职权。"

"如果桑德拉被捕受审,你不愿意聘请最好的律师,尽一切可能让她免受惩罚吗,无论她的罪责有多大?"

"当然、当然。但这完全不同。你们女人永远理解不了这种事。"

基德明斯特夫人沉默了,她对丈夫的反唇相讥毫不在意。所有子女中,桑德拉跟她最不亲近。即便如此,此刻,她是一个母亲,只是一个母亲,她愿意保护自己的孩子,并不惜采用任何手段——无论是名誉的,还是不名誉的。她会尽最大努力为桑德拉抗争。

"无论如何,"基德明斯特爵士说,"桑德拉不会被起诉的,除非有绝对令人信服的罪证。而且,我不相信我女儿是杀人凶手。你很令我震惊,维琪,竟然会有这种想法。"

他的妻子什么也没说。基德明斯特爵士心神不宁地走出了房间。他想,维琪,这个他最亲近的人,跟他一起生活了这么多年的维琪,内心深处居然有如此出人意料、令人不安的想法!

---

① 阿伽门农,希腊迈锡尼国王,特洛伊战争就因他而死。战争胜利后,他顺利回到家乡,却被他的妻子克吕泰涅斯特拉与情人埃癸斯托斯一起谋害。伊菲革涅亚是他们的女儿,阿伽门农因得罪狩猎女神而用女儿献祭。

第五章

瑞斯发现露丝·莱辛正在一张大办公桌前忙着整理文件。她穿着黑外套、黑裙子、白衬衫。她的平静、从容和高效给他留下了深刻的印象。他注意到了她的黑眼圈和因为不高兴而耷拉着的嘴角。然而，她的悲伤——如果是悲伤的话——和她的其他情绪一样，都被控制得很好。

瑞斯表明来意后，她立即回答："您能来真是太好了。我当然知道您是谁。巴顿先生昨晚等您来着，不是吗？我记得他这么说过。"

"前天晚上他提过这件事没有？"

她想了一下。

"没有。我们在餐厅落座后他才说起。我记得当时我有点惊讶……"她停顿了一下，双颊微微泛红，"当然，不是因为他邀请了您。您是他的老朋友，我知道。而且，一年前的那次宴会您本来也要参加的。我的意思是，我惊讶的是，如果您要来，巴顿先生怎么不再邀请一位女士来平衡一下人数。当然了，如果您晚来，或者压根就不来……"她突然住了口，"我真笨。干吗重复这些无关紧要的小事？我今天早上好笨。"

"但您还是照常来上班了？"

"当然。"她面露惊讶之色，几乎是震惊，"这是我的工作。

有很多东西需要整理和安排。"

"乔治总是对我说他有多么依赖您。"瑞斯温和地说。

她转过脸去。他看见她快速地咽了口唾沫,眨了眨眼睛。她的情绪含而不露,几乎让他相信她是无辜的。几乎,不是完全。他见过一些女人是好演员,她们的红眼圈和黑眼圈源于人工,而不是自然形成的。

他保留意见,心想:不管怎么说,她是个冷静的人。

露丝重又面向办公桌,平静地回应上校的最后一句话。

"我跟了他很多年了,到四月份就整整八年了,我知道他的做事方式,而且,我认为他——信任我。"

"我相信。"他又说,"快到吃午饭的时间了。我希望您愿意跟我出去,找个地方,安安静静吃顿饭。我有很多话要对您说。"

"谢谢,我很愿意。"

他带她去了一个他常去的小餐馆,餐桌之间相隔很远,可以安静地交谈。

他点了菜。服务员走开后,他看着桌对面的同伴。

他认为她是个好看的姑娘,有一头光滑亮泽的黑发、坚定的嘴唇和下巴。菜上来之前,他随便聊了一些话题,她附和着,表现出智慧。

短暂停顿后,她说:"您是要跟我谈昨天晚上的事吧?请不要客气,尽管问吧。太不可思议了,我也想谈一谈。要不是真的发生了,而且是我亲眼所见,我是不会相信的。"

"您一定见过肯普探长了吧?"

"见了,昨天晚上。他似乎很聪明,也很有经验。"她停顿了一下,"真的是谋杀吗,瑞斯上校?"

"肯普这么对您说的?"

"他没有主动提供任何信息,但他问的问题暴露了他的想法。"

"关于是不是自杀,您的看法应该和其他人一样,莱辛小姐。我想,您很了解巴顿,而且昨天的大部分时间您都和他在一起。他看起来怎么样?跟平时差不多?还是很焦虑——不安——兴奋?"

她迟疑了一下。

"很难说。他确实焦虑不安,但这是有原因的。"

她解释了一下维克多·德瑞克带来的麻烦,并概述了一下那个年轻人的履历。

"哼,"瑞斯说,"又是个败家子。巴顿因为他心烦意乱?"

露丝慢慢地说:"很难解释。我很了解巴顿先生,您知道,这件事确实搞得他很心烦,而且我想,德瑞克太太很难过,哭哭啼啼的,每次她都这样,所以,他肯定想摆平这件事。不过,我感觉……"

"什么感觉,莱辛小姐?我相信您的感觉一定很准确。"

"哦,我想,他的心烦和平时的心烦不太一样,如果可以这么说。因为我们遇到过这种事,形式不尽相同。去年维克多·德瑞克在国内,有了麻烦,我们不得不安排他乘船去南美,去年六月他还发电报来要钱。所以,您该明白,我对巴顿先生的反应很熟悉。在我看来,这次他心烦主要是因为,这封电报恰好是在他专心准备宴会的时候发来的。他的精力似乎全用在筹备宴会上了,任何让他分心的事都令他心烦。"

"这次宴会有没有什么让您觉得古怪的地方,莱辛小姐?"

"有。巴顿真的很古怪。他很兴奋——像个孩子。"

"您有没有想过这次宴会可能有什么特别的用意?"

"您是说，这次宴会复制了一年前巴顿太太自杀的那次？"

"对。"

"坦白地讲，我觉得这是个特别不寻常的主意。"

"乔治没有主动作出解释，或者以某种方式向您吐露秘密？"

她摇摇头。

"告诉我，莱辛小姐，巴顿太太自杀这事，您怀疑过吗？"

她很震惊。"哦，没有。"

"乔治·巴顿没跟您说过他认为他太太是被人谋杀的？"

她瞪大眼睛看着他。

"乔治这么认为？"

"看来您刚知道。是的，他的确这么认为，莱辛小姐。乔治收到了匿名信，说他太太不是自杀，而是被人杀死的。"

"这就是他今年夏天那么古怪的原因？我一直想不通他是怎么了。"

"您完全不知道有匿名信？"

"完全不知道。有很多封吗？"

"他给我看了两封。"

"我竟然对此一无所知！"

她的声音中带着很受伤的意味。

他看了她一会儿，然后说："哦，莱辛小姐，您有什么想法。在您看来，乔治有可能自杀吗？"

她摇摇头。

"不，哦……不可能。"

"但是您说他很兴奋——不安？"

"对，但他那个状态已经持续一段时间了。现在我明白了，我明白为什么昨天晚上的宴会让他那么兴奋了。他肯定有一个特别的想法，希望通过重现当时的情景了解到一些额外的情况。可怜的乔治，他的脑子里肯定乱糟糟的。"

"罗斯玛丽·巴顿的死呢，莱辛小姐？您还认为她是自杀吗？"

她皱起眉头。

"我做梦也没想过会有别的原因。看起来自然而然。"

"流感引发的精神抑郁？"

"呃，远远不止于此。她很不快乐，谁都看得出来。"

"也能猜出原因？"

"哦……是的。至少我猜出来了。当然，我可能猜错了。但是，巴顿太太这种女人是透明的，她们毫不费心去隐藏自己的感受。还好，我觉得巴顿先生不知道……哦，是的，她很不快乐。而且我知道，那天她除了感冒、心情低落，还头痛得厉害。"

"您怎么知道她头疼？"

"我听她这么跟亚历山德拉夫人说的——在化妆间，她后悔没把药带来，正好亚历山德拉夫人有一颗，就给她了。"

瑞斯上校端着杯子的手停在了半空。

"她吃了？"

"对。"

他没喝，而是放下杯子，看着桌子那头。这个姑娘看起来很平静，没有觉察到她刚说的话有什么意义。这意味着，桑德拉，从她所坐的位置看，偷偷往罗斯玛丽的杯子里放东西的难度最大，却有另一个下毒的机会。她可能给了罗斯玛丽一颗胶囊。通常，胶囊被吞下后，几分钟就会融化，不过，那可能是一种特殊的胶囊，里面可能有明胶或其他物质。也可能罗斯玛丽没有当场吃下，而是稍后才吃的。

他突然说:"您看着她吃下去的?"

"您说什么?"

他从她困惑的表情看出她在想别的事。

"您看见罗斯玛丽·巴顿吞下那颗胶囊了吗?"

露丝吓了一跳。

"我——哦,没有,我没看见。她只是感谢了亚历山德拉夫人。"

罗斯玛丽可能把那颗胶囊放进了包里,卡巴莱歌舞表演开始后,她头痛加重,于是她把胶囊丢进香槟酒里,让它融化。假设,纯粹是假设,不过,这是一种可能。

露丝说:"您为什么问我这个?"

她的目光突然变得警觉起来,充满了疑问。瑞斯注视着她,她似乎在动脑筋。

然后,她又说:"哦,我明白了,我明白为什么乔治在法拉第家附近买房子了,我也明白为什么他不告诉我那些信的事了。我很奇怪他竟然没告诉我。当然了,如果他相信信上的话,那就意味着,我们中间的一个,肯定是同席的五个人当中的一个,杀了她。可能——甚至可能是我!"

瑞斯用十分轻柔的声音说:"您有理由杀死罗斯玛丽·巴顿吗?"

一开始他以为她没听见他的问话。她目光低垂,一动不动地坐在那里。

但是突然,她叹了口气,抬起眼,直视着他。

"这种事,我不愿意讲,"她说,"但是,我认为您最好知道。我爱乔治·巴顿,在他认识罗斯玛丽之前我就爱上了他。我不认为他知道,当然,他也不关心。他喜欢我,很喜欢我,但我想,不是那种方式的喜欢。不过，我过去常想，我嫁给他会是一个好太太，我可以让他快乐。他爱罗斯玛丽，但跟她在一起，他并不快乐。"

瑞斯温和地说："而您不喜欢罗斯玛丽？"

"是的，我不喜欢她。哦！她很漂亮、很迷人，有她独特的魅力。她从来没有费心对我好过！我很不喜欢她。她死的时候，我很震惊，还有她死的那个方式，但我没有真正伤心过。恐怕我还挺开心的。"

她停顿了一下。

"拜托，我们能聊点别的吗？"

瑞斯立刻回答："我希望您能详细确切地把您能想起来的所有事都告诉我。从昨天早上开始，特别是乔治说过的话，还有他做过的任何事。"

露丝立刻回答，讲述了昨天上午发生的事——乔治对胡搅蛮缠的维克多的厌烦，她给南美洲打电话，做好安排，问题解决后乔治的欢欣。接着，她又描述了她到卢森堡餐厅的经过，以及乔治身为主人慌张激动的举止，一直讲到悲剧发生的那一刻。她的叙述和上校之前听到的内容在各个方面都吻合。

露丝烦恼地皱着眉头，说出心中的困惑。

"不是自杀，我确信不是自杀，但怎么可能是谋杀呢？我的意思是，怎么做到的？答案是，不可能，不可能是我们中间的一个人干的！是不是有人在我们离开座位跳舞的时候偷偷在乔治的杯子里下了毒？但如果是这样，那个人会是谁呢？似乎讲不通。"

"有人证明，你们跳舞的时候，没有人靠近过那张桌子。"

"这太没道理了！氰化钾总不能自己跑到杯子里去吧？！"

"您完全不知道是谁把氰化钾放进杯子里的，也没有怀疑过任何人吗？回想一下昨天晚上的情景。有没有任何东西、任何细节，曾经引起过您的怀疑，哪怕是小小的怀疑？"

他看到她的脸色变了，眼中露出片刻不确定的神色。她在回答"没有"之前稍微迟疑了一下，短暂到几乎察觉不到。

然而，一定有，他确信。她看到、听到，或者注意到了某样东西，只是出于某种原因，她决定不说出来。

他没有强迫她，他知道强迫露丝这种女孩没有任何好处。如果，出于某种原因，她决定三缄其口，他确信她绝不会改主意。

但肯定有某种东西，这让他很高兴，也让他又有了信心。他看到面前那堵没有门窗的墙上出现了第一道裂缝。

午餐后，瑞斯向露丝告辞，驱车去艾尔维斯顿广场，一路上还在想着那个刚刚离开的女人。

会是露丝·莱辛吗？总的来说，他对她有好感。她似乎非常坦率、毫无保留。

杀人这种事她干得出来吗？大部分人干得出来，只要被逼到那个份儿上。一般情况下没人敢杀人，除非杀死某个特定的人。因此，很难排除任何一个人的犯罪嫌疑。这个年轻女人身上有一种残酷的特质。而且，她有一个动机，更确切地说，是有一个特定的动机。除掉罗斯玛丽，她就很有可能成为乔治·巴顿太太。无论是嫁给一个有钱人，还是嫁给一个她爱的男人，除掉罗斯玛丽都是至关重要的。

不过露丝·莱辛太冷静、太谨慎了，不会单单为了成为一个有钱人的太太，过上舒服的生活，就去冒生命危险。为了爱？也许吧。尽管她看上去冷静超然，他猜测她这种女人的激情会被某一个特别的男人点燃。鉴于她对乔治的爱和对罗斯玛丽的恨，她可能会冷静地实施杀害罗斯玛丽的计划。事情进行得很顺利，自杀的结论也几乎被无异议地接受了，这个事实证明了她与生俱来的能力。

乔治在收到匿名信（谁写的？为什么？这是最令他烦恼、时刻困扰他的问题）后起了疑心。他设计了一个圈套，露丝让他闭上了嘴。

不，不对，听起来不真实。这意味着恐慌，露丝·莱辛不是那种会恐慌的女人。她比乔治有头脑，不费吹灰之力就能避开他可能设下的任何圈套。

看来不太可能是露丝。

第六章

卢西娜·德瑞克很高兴见到瑞斯上校。

所有的百叶窗都关上了,卢西娜走进挂满黑布幔的房间,伸出一只颤抖的手跟上校握手。然后一面用手帕擦眼睛,一面解释说她不能见人,谁也不能见,除了关系如此亲密的亲爱的乔治的老朋友,还有,家里一个男人都没有多么可怕!确实,家里没有男人,她们不知道事情该如何处理。只有她一个人,一个可怜的、孤单的寡妇,还有艾丽斯,一个无助的小姑娘,过去一切都由乔治料理。亲爱的瑞斯上校实在是太好了,她真的很感激,她们不知道该做什么。当然,生意方面由莱辛小姐打理,还有葬礼的安排。可是讯问呢?警察来了,到家里来了,好可怕。当然他们穿的是便装,考虑得真周到。但是,她是那么的困惑,整件事纯粹是一场悲剧,难道瑞斯上校不认为这都归咎于暗示吗——精神分析学家不就是这么说的吗,一切都是暗示。可怜的乔治在那个可怕的地方——卢森堡餐厅,还是同样的一群人,想到可怜的罗斯玛丽是怎么死在那儿的——一定是突然发生的,如果他听她卢西娜的话,吃亲爱的加斯克尔医生开的补药就好了。虚弱,整个夏天,是的,他的身体很虚弱。

卢西娜一口气说到这儿才暂停了一下,瑞斯抓住机会开口说话。

瑞斯上校向她表示了深切的慰问，德瑞克太太一定在各个方面都很依赖乔治。

卢西娜又说了起来，说他真是太好了，这对她来说是个沉重的打击——今天人还在，明天就没了，就像《圣经》上说的，"出来如草，傍晚又被割下"。只是这个说法不太对，但瑞斯上校明白她的意思，有个人可以依靠的感觉真好。当然，莱辛小姐也是好意，而且办事很有效率，只是相当缺乏同情心，做事大包大揽，在她卢西娜看来，乔治过去太依赖她了。她一度担心他会做出傻事，那就太可惜了，一旦他们俩结了婚，她很可能会毫不客气地欺负他。当然，她，卢西娜，看出了苗头。亲爱的艾丽斯是那么的天真，但小姑娘单纯、不世故挺好的，瑞斯上校不这么认为吗？艾丽斯比她的同龄人稚嫩，而且话很少——你经常不知道她在想些什么。罗斯玛丽那么漂亮、那么活泼，经常出门，艾丽斯则总在家门口转悠，这对一个小姑娘来说是不对的。她们应该去上课——烹饪课，或者裁缝课，这样她才会有精神寄托，学到的东西没准什么时候就能派上用场。她，卢西娜，在可怜的罗斯玛丽死后可以来这里住，太幸运了。那个可怕的流感——加斯克尔医生说是一种很罕见的流感。多聪明的一个好人啊，和他在一起简直如沐春风。

今年夏天她曾想让艾丽斯去见他。那个姑娘面色苍白、身子虚弱。"不过，真的，瑞斯上校，我认为是房子的问题。地势低洼、潮湿，你知道，夜里还有瘴气。"可怜的乔治没征求任何人的意见就自作主张买下来了，真可惜。他说他想给大家一个惊喜，但说实在的，听老人言也许更好。男人对房子一窍不通。乔治也许意识到了，卢西娜很乐意不辞辛劳。因为，别忘了，她现在的生活如何呢？她亲爱的丈夫去世多年。维克多，她的宝贝儿子，远在阿根廷——是巴西，还是阿根廷？多么英俊又有爱心的孩子啊。

瑞斯上校说，他听说她有个儿子在国外。

在接下来的一刻钟里，他饱听了维克多的众多活动。多么意气风发的青年，什么事都乐于掺和一把，接着，她列出一长串维克多从事过的职业的名称。"他从不刻薄，对任何人都没有恶意。他总是不走运，瑞斯上校。舍监对他不公，我认为牛津大学校方做得很不光彩。人们似乎不理解，这么喜欢绘画、这么聪明的男孩只是觉得模仿他人的笔迹是一个很棒的玩笑。"他是闹着玩的，不是为了钱。但他一直对他母亲很好，一有麻烦就告诉她，这不正说明他信任她吗？奇怪的是，别人给他找的工作，似乎总是要他离开英格兰。她禁不住想，如果他能有一份好工作，比如在英格兰银行上班，他一定会安定下来。他也许可以住在伦敦郊区，有一辆小车。

足足听她讲了二十分钟维克多的优点和不幸，瑞斯上校才把话题从她的儿子切换到仆人身上。

是的，他说得很对，老式仆人已不复存在。这真是当下人的烦恼！她没理由抱怨，因为他们过去真的很幸运。庞德太太，虽然可怜的她耳朵有点背，却是个极好的女人。她做的面点有时候有点硬，汤里经常放太多胡椒粉，但总体来说，她最可靠，也很节俭。自打乔治成家她就在这儿了，今年要她去乡下住，她也毫无怨言。但其他人就麻烦了，客厅女仆都走了——不过这也挺好，那个粗鲁的女孩爱顶嘴，还打碎了六只最好的酒杯。"不是偶尔打碎一只，这种事谁都能碰上，是一次打碎了所有杯子，简直是粗心到家了，难道瑞斯上校不这么觉得吗？"

"确实很粗心。"

"我就是这么跟说她的。我还告诉她，我必须这么说她，因为我真觉得人应该有责任心，瑞斯上校。我的意思是，不能误导别人。好的品质要夸，错误的也得提。可是，那个女孩……实在是——呃，相当无礼，她说她希望下家不会有人被'做掉'——可怕的黑话，她从电影上学来的吧。荒唐，而且不恰当。可怜的亲爱的罗斯玛丽是自寻短见，当时她不能对自己的行为负责，验尸官正确地指出了那个可怕的说法，我认为也是——歹徒手持冲锋枪火并。谢天谢地，英国没有这种歹徒。所以，就像我说的，我要让她知道。贝蒂·阿克达尔是个清楚自身职责的客厅女仆，她冷静、诚实，却打碎了太多东西，态度还很不恭敬。就我个人而言，如果我是雷斯达伯特太太，我就会明白这言外之意，不雇佣她。但时下的人啊，来者不拒，有时候连这种一个月换仨地方的女孩都要。"

趁着德瑞克太太停下来喘口气，瑞斯上校立刻问，她说的是不是理查德·雷斯达伯特的太太？如果是的话，他认识她，在印度的时候。

"说不好，住在卡达根广场那边。"

"那就是我的朋友。"

卢西娜马上感叹世界太小了，不是吗？什么朋友也比不上老朋友。友谊是个美好的东西。她一直认为薇奥拉和保罗的故事很浪漫。亲爱的薇奥拉，她曾是一个漂亮的姑娘，那么多男人爱恋她，可是，哎呀，瑞斯上校都不知道她说的是谁。人确实喜欢重温旧梦。

瑞斯上校恳请她说下去，他的礼貌换来的是赫克托·玛尔的生活史，他的怪癖和弱点。他是姐姐带大的，最后，瑞斯都快忘了他的时候，她又提到他娶了美丽的薇奥拉。"她是个孤儿，以前待在法院街的一个临时收容所。"上校听着保罗·班尼特被薇奥拉拒绝后如何克服失望的情绪,从情人变成了玛尔一家的朋友,以及他对他的教女罗斯玛丽的喜爱,他的去世和他的遗嘱。"那个遗嘱,我一直觉得很浪漫——好大一笔财富啊!当然,我不是说金钱就是一切——不是,真的不是。想想罗斯玛丽死得多惨。我对亲爱的艾丽斯也不太满意!"

瑞斯向她投以询问的目光。

"我觉得责任令人烦恼。大家都知道,她现在是个富有的女继承人。我一直密切关注着她身边不合要求的男孩子,可是我又能怎么样呢,瑞斯上校?你不能像从前那样照顾如今的女孩子了。我对艾丽斯的朋友几乎一个都不了解。'请他们到家里来,亲爱的。'我经常这么说,但是我猜,有些年轻人,她是不会带到家里来的。可怜的乔治也替她担心。有一个叫布朗的年轻人,我从来没见过他,但好像他和艾丽斯经常见面。我觉得她可以找一个更好的。乔治不喜欢他——我很确信。而且,我一直认为,瑞斯上校,男人看男人,眼光更准。我想起了普西上校,我们的一个俗人执事,我觉得他很迷人,但我丈夫对他的态度很冷淡,他也嘱咐我要这么做。果然,一个礼拜天,他在传递奉献盘的时候突然倒下了,整个人烂醉如泥。当然,后来——总是后来听说,比事先听说好多了——我们听说,每个星期都有好几打空白兰地酒瓶从他家里搬出来!真叫人伤心,我还以为他是一个虔诚的信徒,尽管他认为自己更倾向于福音派。他和我先生曾就万圣节的仪式细节大吵过一架。哦,天哪,万圣节。想想昨天正好是万灵节。"

一阵轻微的响动,瑞斯的目光越过卢西娜的头部,看向敞开的门。他见过艾丽斯,在小官府,但他感觉这是头一次见到她。

他发现她沉默静止的背后隐藏着异常的紧张,他与她对视,看到她的大眼睛里流露出某种他应该知道,但一时想不出是什么的神情。

卢西娜·德瑞克也扭过头。

"艾丽斯,亲爱的,我没听见你进来。你认识瑞斯上校吧?他真是太好了。"

艾丽斯走过来跟上校握手,黑裙子让她显得比他印象中更瘦、更苍白。

"我来看看能不能帮上什么忙。"瑞斯说。

"谢谢您。您真好。"

显然,她受到了很大的惊吓,而且还没恢复过来。是不是她太喜欢乔治了,他的死才给她造成了如此沉重的打击?

她的目光转向她姑妈,瑞斯发现那是一双警惕的眼睛。她说:"你们在谈什么——刚才,我进来的时候?"

卢西娜脸发红,慌乱起来。瑞斯猜想她急于回避提到那个年轻人——安东尼·布朗。她大声说:"我想想看啊,哦,对了,万圣节,昨天是万灵节。万灵——真是怪事,现实中竟会有这种巧合。"

"你的意思是,"艾丽斯说,"罗斯玛丽昨天回来把乔治带走了?"

卢西娜轻轻尖叫了一声。

"艾丽斯,亲爱的,不要这样。多么可怕的想法,这也太不像基督徒说的话了。"

"为什么不像基督徒说的话?那是死人节,在巴黎,人们会去墓地献花。"

"哦,我知道,亲爱的,但他们是天主教徒,不是吗?"

艾丽斯撇着嘴笑了一下,然后直截了当地说:"我想,也许,你刚才是在谈安东尼——安东尼·布朗。"

"哦!"卢西娜叽叽喳喳地说了起来,嗓音更尖、更像小鸟了,"我们确实提到他了。你知道,我偶然说到,我们对他一无所知——"

艾丽斯生硬地打断她的话:"为什么你应该了解他?"

"不,亲爱的,当然不。至少,我的意思是,哦,如果我们对他多一点了解,不是很好吗?"

"你们将来有的是机会了解他,"艾丽斯说,"因为我要嫁给他了。"

"哦,艾丽斯!"她的声音介于哀号和抱怨之间,"你绝不能这么鲁莽——我是说,暂时什么都不要定下来。"

"已经定下来了,卢西娜姑妈。"

"不,亲爱的,葬礼还没举行呢,不能谈婚论嫁,这样做不得体。而且,还有可怕的讯问之类的事。真的,艾丽斯,我不认为亲爱的乔治会同意。他不喜欢那个布朗先生。"

"没错,"艾丽斯说,"乔治不会同意的,他也不喜欢安东尼,但他怎么想已经无所谓了。这是我的生活,不是乔治的,反正,乔治已经死了……"

德瑞克太太又哀号了一声。

"艾丽斯,艾丽斯,你这是中了什么邪了?话说得也太绝情了。"

"对不起,卢西娜姑妈。"她疲倦地说,"我知道这话不好听,但这不是我的本意,我的意思是,乔治已经在某个地方安息了,不用再为我和我的将来操心了。我必须自己做决定。"

"乱说,亲爱的,这种时候什么决定都不能做,肯定特别不恰当。这种问题根本就不该出现。"

艾丽斯大笑了一声。

"可是已经出现了。在我们离开小官府前,安东尼就向我求婚了。他让我第二天去伦敦,不告诉任何人。我多么希望当时我去了。"

"这个要求实在奇怪。"瑞斯上校温和地说。

她向他投以挑衅的目光。

"不,不奇怪,会省掉不少麻烦。我为什么不能信任他?他要我信任他,我没有。不管怎么样,现在只要他愿意,我随时可以嫁给他。"

卢西娜语无伦次地说了一堆反对的话。胖嘟嘟的腮帮子不停地颤抖,满眼泪花。

瑞斯上校立刻控制了局面。

"玛尔小姐,在我走之前,可不可以跟您聊两句?完全是公事。"

她吃惊地喃喃道"可以",然后发现自己朝门口走去。瑞斯上校目送她出了门,然后迈了两大步,回到德瑞克太太身边。

"别心烦,德瑞克太太。您知道,言多必失。我们看看能做点什么。"

稍微安慰了一下她后,他跟着艾丽斯走过客厅,走进一个面朝房子后部的小房间,屋里有一棵忧郁的法国梧桐,挂着几片残叶。

瑞斯以公事公办的口吻说:"玛尔小姐,我要说的是,肯普探长是我的私人朋友,我相信您会发现他既仁慈又乐于助人。他的职务令人不悦,但我相信他会尽量体谅别人。"

她默默地看了他一会儿,然后突然说:"昨天晚上乔治在等您来,您怎么没来?"

他摇摇头。

"乔治没在等我。"

"但他说他在等您。"

"他可能是这么说的,但他说的不是实话。乔治很清楚我不会来。"

她说:"可是,那把空椅子……是给谁留的?"

"不是给我留的。"

她半闭着眼睛,脸色惨白。

她小声说:"是给罗斯玛丽留的……我明白了……是给罗斯玛丽……"

他以为她要昏过去了,立刻上前扶住,强迫她坐下来。

"放松……"

她气喘吁吁地低声说:"我没事……可是,我不知道该怎么办……我不知道该怎么办。"

"我能帮上忙吗?"

她抬眼看他,阴沉的双眼流露出渴望的神情。

然后,她说:"我必须把事情搞清楚。我必须把它们……"她用手做了个摸索的动作,"按顺序排列好。一开始,乔治认为罗斯玛丽不是自杀,是被人害死的。他这么认为是因为那两封信。瑞斯上校,那两封信是谁写的?"

"我不知道。没有人知道。您有什么想法吗?"

"我想不出来。反正,乔治相信信上说的话,还安排了昨晚的宴会,还有一把空椅子,昨天是万灵节……死人节,是罗斯玛丽的灵魂可能回来……告诉他真相的日子。"

"您的想象力太丰富了。"

"可是，我感觉到她了——有时候，我感觉她就在身边。我是她妹妹，我想，她是想告诉我什么。"

"放松，艾丽斯。"

"我必须说出来。乔治为罗斯玛丽干杯——然后他死了。也许……她回来把他带走了。"

"鬼魂是不会把氰化钾放进酒杯里的，亲爱的。"

这句话似乎让她恢复了平静。她用更正常的声音说："但是太不可思议了。乔治被人害死了——是的，害死了。警方是这么认为的，一定是真的。因为没有其他可能。可这也说不通啊。"

"您不这么认为吗？如果罗斯玛丽是被人害死的，乔治怀疑是谁——"

她打断了他的话。

"是的，可是罗斯玛丽不是被人害死的。说不通的原因就在这里。乔治相信那些荒唐的信，部分原因是，流感导致的精神抑郁不是一个令人信服的自杀的理由。但罗斯玛丽有理由自杀。等等，我拿给你看。"

她跑出房间，过了一会儿，她手里拿着一封折好的信回来了。她把信塞进他手里。

"看吧。您亲眼看一看。"

瑞斯上校打开那张有点皱巴的信纸。

亲爱的豹……

他读了两遍，才把信还给她。

女孩急切地说："您明白了吧？她不快乐——她的心碎了。她不想活了。"

"您知道这封信是写给谁的吗?"

艾丽斯点点头。

"斯蒂芬·法拉第。不是安东尼。她爱上了斯蒂芬,而他对她很残忍。所以,她带着那个东西去了餐厅,在那儿喝下去,让他亲眼看着她死。也许她希望他伤心。"

瑞斯若有所思地点点头,但没说什么。过了一会儿,他说:"您什么时候发现的?"

"差不多半年前,在一件旧晨袍的口袋里。"

"您没给乔治看吧?"

艾丽斯激动地大叫起来。

"我怎么能这么做?怎么可能呢?罗斯玛丽是我姐姐。我怎么能出卖她呢?乔治那么确信她爱他。我怎么能在她死后把这个拿给他看?他完全理解错了,但是,我不能告诉他真相。我想知道的是,我现在该怎么办?我给您看是因为您是乔治的朋友。肯普探长也得看吗?"

"对。肯普必须看。这是证据,您知道。"

"可是,以后他们会……在法庭上念出来吗?"

"不一定。现在调查的是乔治的死,不太相干的东西不会公开。现在您最好让我把它带走。"

"好吧。"

她把他送到大门口。他开门时,她突然说:"这能说明罗斯玛丽是自杀的吧?"

瑞斯说:"这说明她有自杀的动机。"

她深深地叹了一口气。上校走下台阶,回头看了一眼,见她还站在门口,目送他穿过广场。

第七章

看到瑞斯上校,玛丽·雷斯达伯特先是不敢相信自己的眼睛,随后用尖叫声迎接他。

"亲爱的,自从那次你在阿拉哈巴德神秘失踪后,我就再也没见过你。你怎么来这儿了?肯定不是来看我的,你从来不作社交性拜访。快坦白吧,不用跟我玩外交辞令。"

"跟你使用外交手段就是浪费时间,玛丽。我向来欣赏你X光一般的头脑。"

"少废话,说正事,宝贝。"

瑞斯露出微笑。

"请我进门的那个女仆是不是贝蒂·阿克达尔?"他问。

"原来如此!别告诉我那个女孩,一个纯粹的伦敦佬,是个大名鼎鼎的欧洲间谍——如果现在还有的话——我可不信。"

"不,不,绝对不是这种事。"

"也别告诉我她是反间谍人员,我也不信。"

"没错,她只是一个客厅女仆。"

"你从什么时候开始对一个单纯的女仆感兴趣了——我不是说贝蒂单纯,说她是小滑头还差不多。"

"我想,"瑞斯上校说,"她或许能告诉我一些情况。"

"如果你好好问她?你说得对,我也不觉得奇怪。她'有乐子就扒门缝偷听'的能力很强。那我能做点什么呢?"

"体贴地请我喝一杯,然后按铃叫贝蒂送过来。"

"贝蒂送过来之后呢?"

"你就体贴地走开。"

"去门外偷听?"

"如果你愿意的话。"

"然后我就能听到一大堆关于欧洲最新危机的内幕消息?"

"恐怕没有,这事不涉及政治局势。"

"好失望!好吧,我照办就是了!"

雷斯达伯特太太四十九岁,性格活泼,肤色浅黑,她按铃叫来漂亮的女仆,让她给瑞斯上校端一杯威士忌苏打来。

贝蒂·阿克达尔回来了,托盘上放着那杯酒,雷斯达伯特太太则站在起居室远端门口。

"瑞斯上校有问题要问你。"说完,她就出去了。

贝蒂冒失地看着这位高大的白发军人,目光中流露出几分惊慌之色。上校从托盘上拿起杯子,对她微笑。

"看今天的报纸了吗?"他问。

"看了,先生。"贝蒂警惕地注视着他。

"看到乔治·巴顿先生昨晚死在卢森堡餐厅的消息了吗?"

"哦,看到了,先生。"贝蒂的眼睛闪烁着幸灾乐祸的神色。

"很可怕,不是吗?"

"你在他家做过活,对吗?"

"是的,先生。我在去年冬天离开的,巴顿太太死后不久。"

"她也死在卢森堡餐厅。"

贝蒂点点头。"有点滑稽,不是吗,先生?"

瑞斯并不觉得滑稽。但他知道这句话要表达的意思。他严肃地说:"看来你很有头脑,会根据事实进行推断。"

贝蒂双手紧握,把谨慎抛到一边。

"他也是被做掉的?报纸上没说清楚。"

"为什么说'也'?验尸陪审团对巴顿太太的死亡裁定是自杀。"

她瞄了他一眼。心想,这个人尽管老了,但还是挺好看的。很安静的那种人。一个真正的绅士,那种年轻的时候会送给你一枚金币的绅士。可笑,我连金币长什么样都不知道!他到底想要探究什么?

她故作端庄地说:"是,先生。"

"也许你从不认为那是自杀?"

"哦,是的,先生。我不⋯⋯不这么认为。"

"很有趣,真的很有趣。为什么你不这么认为?"

她迟疑着,手指揉搓着围裙。

他说得这么好听、这么庄重,让人感觉自己很重要,想帮他。不管怎么说,她在罗斯玛丽·巴顿死亡这件事上很聪明,没上过当,从没!

"她是被做掉的,不是吗?"

"似乎有这种可能。但你为什么会这么想呢?"

"呃,"贝蒂犹豫着,"有一天我听到了一些话。"

"什么话?"

他的语气很平静,鼓励她说下去。

"那天,门没关。我的意思是,我从不站在门边偷听,我不喜欢做那种事。"贝蒂很有道德感地说,"当时我正端着银器穿过客厅去饭厅,他们讲话的声音很大。她——我是指巴顿太太——正在说什么安东尼·布朗不是他的真名。他突然变得恶毒起来,我是说布朗先生,我没想到他会有这一面——他那么英俊,平时的谈吐那么令人愉快。他说要拿刀子划破她的脸——哦！然后他说，如果她不照着他说的去做，他就做掉她。就是这样！就在这个时候，我看见玛尔小姐下楼来了，我就没再听下去，当然，我也没太当回事。但后来事情闹得很大，她在宴会上自杀了，当时他也在场——呃，吓得我脊背发凉，真的！"

"可是你什么也没说？"

女孩摇摇头。

"我不想跟警察扯到一起，反正我什么也不知道——不是真的知道。我要是说了什么，没准也被做掉了，或者，用他们的话说，'黄泉路上送一程'。"

"我明白了。"瑞斯停顿了一下，然后用非常温和的声音说，"所以，你就给乔治·巴顿先生写了封匿名信？"

她睁大眼睛看着他。他没在她的表情中看出心虚，纯粹是震惊。

"我？给巴顿先生写信？从来没有过。"

"现在讲出来也没事了。这真是个好主意，既提醒了他，又不会暴露自己。你很聪明。"

"可是我没写过，先生。我压根儿就没想到这么做。您是说写信给巴顿先生，说他太太是被人做掉的？哎呀，我从来就没动过这个念头！"

她否认的态度是那么诚恳，瑞斯不由自主地动摇了。然而，一切都很吻合——如果信是她写的，一切就顺理成章了。但她矢口否认，态度既不激烈，也不紧张，而是很清醒，没有过分抗议。他发现自己不情愿地相信了她。

他改变了立场。

"这件事，你告诉过谁？"

她摇摇头。

"我没告诉过任何人。老实跟您说,先生,我吓坏了。我想我最好闭上嘴,试着忘掉。我只提过一次——德瑞克太太通知要解雇我的时候。她大吵大闹,简直让人受不了,她想让我死在乡下,一个连公交车都不通的地方!她还恶毒地指责我,说我打碎东西,我就说了几句风凉话,比如,反正我不会找一个有人会被做掉的地方。说完我很害怕,但她没太在意。也许我当时应该大胆说出来,但我也不清楚是怎么回事。我的意思是,也许他们只是在开玩笑。人什么话都会说,而且,布朗先生一向很友善,也爱开玩笑,所以,我不好判断,先生,您说呢?"

瑞斯同意她无从判断,然后说:"巴顿太太说过布朗不是他的真名,那她提过他的真名是什么吗?"

"提过。因为他说'忘掉托尼'……什么来着?托尼……他的姓让我想到了厨娘做的樱桃果酱。"

"托尼·切立顿?切拉博尔?"

她摇摇头。

"比这花哨。M打头的,像外国姓。"

"没关系。你会想起来的,也许。想起来就告诉我。这是我的名片,上面有我的地址,想起来你就给这个地址写信。"

他把名片递给她,还有一张一英镑纸钞。

"我会的,先生,谢谢您,先生。"

真是个绅士,她边想边跑下楼去。一镑钞票,不是十先令。要是有金币就好了……

玛丽·雷斯达伯特回到房间。

"怎么样,成功了?"

"是的,但还有一个障碍有待清除。能用你的聪明才智帮帮我吗？你能想出一个会让你联想到樱桃果酱的名字吗？"

"好奇怪的问题。"

"替我想想吧，玛丽。我不是一个擅长做家务的男人。现在，你就专心思考制作果酱，特别是樱桃果酱。"

"我很少做樱桃果酱。"

"为什么？"

"哦，容易很甜，除非是用烹饪用的樱桃，莫雷洛黑樱桃。"

瑞斯惊叫了一声。

"就是这个，我敢打赌就是这个。再见，玛丽，感激不尽。你介意我按铃叫那个女孩送我出去吗？"

他匆匆走出房间时，雷斯达伯特太太在他身后大喊："忘恩负义的家伙！你不告诉我到底是怎么回事吗？"

他也喊道："我会回来把故事从头到尾讲给你听的。"

"去你的大头鬼。"雷斯达伯特太太嘟囔道。

楼下，贝蒂拿着瑞斯的帽子和手杖等着。

他道了谢，向外走。走到台阶处，他停下脚步。

"对了，"他说，"那个名字是不是莫雷利？"

贝蒂面露喜色。

"对极了，先生。就是这个，托尼·莫雷利，他就是让她忘掉这个名字。他还说他坐过牢。"

瑞斯笑嘻嘻地走下台阶。

他去最近的电话亭给肯普打电话。

他们的交流简短且令人满意。肯普说："我马上去发封电报，应该立刻就能得到答复。我必须说，如果你是对的，我们就可以松一大口气了。"

"我想我是对的。前因后果很清楚。"

第八章

肯普探长心情不太好。

这之前的半个钟头，肯普探长约谈了一个十六岁的胆小鬼，他倚仗叔叔的高职位，渴望成为卢森堡餐厅需要的高级服务员。而目前，他还只是六个饱受折磨的杂役之一，腰上系着围裙，以便跟高级服务员区别开。他的职责是承担一切过错，拿这个，搬那个，准备面包卷和黄油块，还不停地被人用法语、意大利语，还有英语斥责。查尔斯不愧是个"大人物"，非但不偏袒自己的亲戚，训斥谩骂起来反而更凶。尽管如此，皮埃尔依旧渴望有朝一日至少能当上一家时髦餐厅的领班。

但就在这时，他的事业戛然而止，警方怀疑是他杀了人。

肯普把这个小子问了个底朝天，最后气愤地说服自己，事情可能就像他说的那样——他只是从地上捡起一个女士包，又放回她的餐盘旁。

"当时我正急着给罗伯特先生送调味汁，他已经等得不耐烦了。那位小姐起身去跳舞时碰掉了包，我就顺手给捡起来，放回桌上，接着又急匆匆地向前走。罗伯特先生发疯似的朝我打手势呢。就是这样，先生。"

仅此而已。肯普恨恨地放他走了，其实，肯普很想再补充一句："别让我再逮着你干这种事。"

波洛克警官分散了他的注意力,说有人打电话来,一位年轻的女士想见他,或者负责卢森堡案的警官。

"她是谁?"

"克洛伊·韦斯特小姐。"

"让她上来吧,"肯普说,"我可以给她十分钟,之后法拉第先生就该到了。哦,好吧,让他多等几分钟也没什么害处,他肯定会忐忑不安。"

克洛伊·韦斯特小姐一进门肯普就觉得似曾相识。但一分钟后,他放弃了这个想法。不,他从来没见过这个女孩,他确信这一点。然而,那种似曾相识的感觉依然困扰着他。

韦斯特小姐大约二十五岁,高个子、棕发,非常漂亮。她措辞刻意,似乎很紧张。

"说吧,韦斯特小姐,我能为您做什么?"肯普爽快地说。

"我在报纸上看到卢森堡餐厅的消息,一个男人死在那里。"

"乔治·巴顿先生?怎么了?您认识他?"

"呃,不,说不上认识。我是说,我并不真的认识他。"

肯普仔细端详她,放弃了第一个推论。

克洛伊·韦斯特小姐看上去极其文雅贞洁,简直文雅贞洁至极。他亲切地说:"您能先说一下您的名字和住址吗,我们好继续谈下去?"

"克洛伊·伊莉莎白·韦斯特。丽达街梅瑞维尔巷十五号。我是个演员。"

肯普又用眼角的余光看了她一下,断定她说的没错。

保留节目,他想象,抛开她的外表,她是那种诚恳的人。

"继续说吧,韦斯特小姐。"

"当我看到巴顿先生死亡,还有——还有警方正在调查此事的消息时,我想,或许我应该来告诉你们一件事。我和我的朋友谈过此事,她似乎也这么认为。我不认为这件事一定和这个案子有关,不过……"韦斯特小姐停了下来。

"我们自己会判断的,"肯普和蔼地说,"告诉我就行了。"

"我现在没在演戏。"韦斯特小姐解释道。

肯普探长差点说出"休戏"这个表示暂时无戏可演的词,以表示自己懂他们的行话,但他忍住了。

"不过,我的名字还在经纪公司那里,我的照片登在《聚光灯》上……我知道,巴顿先生就是从那儿看到的。他和我取得了联系,跟我解释了他要我做的事。"

"什么事?"

"他告诉我他要在卢森堡餐厅举办一次宴会,他想给客人们一个惊喜。他给我看了一张照片,告诉我他想让我装扮成那个人的样子,他说,我长得跟她很像。"

肯普一下子明白了。他在艾尔维斯顿广场乔治房间的书桌上看见过一张罗斯玛丽的照片,这位小姐让他想起了那张照片。她确实有点像罗斯玛丽·巴顿,没像到惊人的程度,但面容什么的大致是同一类。

"他还拿了一条裙子让我穿,今天我也带来了。一条灰绿色的丝质裙子。我还得照着相片——那是一张彩色照片——上的样子做头发,用化妆品凸显我和她的相似之处。然后,我要去卢森堡餐厅,在第一场卡巴莱歌舞表演的时候,坐在巴顿先生那桌,会有一个空位子留给我。他带我去那里吃过午饭,告诉了我那张桌子的位置。"

"你为什么没有赴约,韦斯特小姐?"

"因为那天晚上大概八点钟的时候……有个人……是巴顿先

生……打来电话说聚会延期了。他说第二天再告诉我什么时候举行。后来,第二天早上,我就在报纸上看到了他的死讯。"

"你来找我们很明智。"肯普亲切地说,"好了,非常感谢,韦斯特小姐。你破解了一个谜——空椅子之谜。对了,刚才你说'有个人',然后又说'巴顿先生',这是为什么?"

"因为一开始我没听出是巴顿先生,声音不一样。"

"男人的声音?"

"哦,是的,我想是……至少……听起来很沙哑,他好像感冒了。"

"他就说了这些?"

"就这些。"

肯普又问了一些问题,但都不太深入。

她走后,肯普对警官说:"原来这就是乔治·巴顿那个著名的'计划'。现在我明白为什么他们都说他在卡巴莱歌舞表演后盯着那把空椅子,一副古怪且心不在焉的样子了。他宝贵的计划失败了。"

"你认为那个打电话取消计划的人不是他?"

"绝对不是。我甚至不太确定那就是男人的声音。声音沙哑在电话里是很好的伪装。"

"啊,好了,有进展了。请法拉第先生进来吧,如果他已经来了的话。"

第九章

1

斯蒂芬·法拉第走进苏格兰场,貌似镇定,实则畏缩。精神压力大到令他难以承受,这天上午一切似乎进行得很顺利,但是肯普探长为什么还煞有介事地让他来一趟呢?他知道了什么,他怀疑什么?只能是隐约的怀疑。他要做的是,保持冷静,一概否认。

没有桑德拉在身边,他有一种奇怪的感觉——孤苦伶仃。似乎两个人共同面对危险,恐惧就会消除一半。在一起时,他们有力量、勇气和权势。一个人时,他什么都不是,甚至更糟。桑德拉呢,她也有同感吗?此刻她是否坐在基德明斯特公馆里,沉默、克制、高傲,内心却无比脆弱?

肯普探长亲切但严肃地接待了他。一个穿制服的男人坐在一张桌子旁,手里拿着一根铅笔,面前是一沓纸。请斯蒂芬坐下后,肯普探长以一种极其正式的口吻说:"法拉第先生,我打算给您做一份笔录。您离开前需要仔细阅读这份笔录,并在上面签字。同时,我有责任告诉您,您可以拒绝做这份笔录,并有权让您的律师在场,如果您非常需要律师的话。"

斯蒂芬心里一惊,但没有表现出来。他强挤出一个冷淡的笑容，说："听起来很吓人，探长。"

"我们希望把一切讲清楚，法拉第先生。"

"我说的任何话都可能对我不利，是不是？"

"我们不用'不利'这个词。您说的任何话都可能成为呈堂证供。"

斯蒂芬平静地说："我明白，但是我想不通，探长，为什么你们需要我做进一步的陈述呢？我该说的今天上午您都听见了。"

"那次面谈很不正式——只能用作初步谈话材料。再有，法拉第先生，我想，有些事您更愿意在这里跟我讨论。任何与本案无关的事实，我们都会尽量慎重对待，以求公正。我想，您明白我的用意吧。"

"恐怕不明白。"

肯普探长叹了口气。

"是这样。您和已故的罗斯玛丽·巴顿太太关系十分亲密——"

斯蒂芬打断他的话。"谁说的？"

肯普探出身子，从办公桌上拿起一份打印的文件。

"这是在已故的巴顿太太的物品中找到的一封信的复制品。原件已经在我们这里存档了，艾丽斯·玛尔小姐交给我们的，她认出是她姐姐的笔迹。"

斯蒂芬读道："亲爱的豹——"

他心里一阵恶心。罗斯玛丽的声音……她在说话……恳求……难道过去永远不会过去吗，永远不同意被埋藏吗？

他恢复镇静，看着肯普。

"您认为这封信是巴顿太太写的，或许没错，但没有任何证据显示这封信是写给我的。"

"您是在否认伯爵阁路玛兰德大厦二十一室的房租是您付的吗?"

原来他们知道了!他不知道他们是否早就知道了。

他耸了耸肩。

"您的消息似乎很灵通。我可否问一下,为什么要把注意力集中在我的私生活上?"

"除非能确认您的私生活与乔治·巴顿的死无关,否则我们什么都会关注。"

"我懂了。您是在暗示,我先跟他太太上床,然后害死了他。"

"好了,法拉第先生,我坦白跟您说吧。您和巴顿太太是非常亲密的朋友,你们分手是出于您的意愿,而不是那位女士。她打算——正如这封信上所写的——惹麻烦。然后她死了,非常便利。"

"她是自杀的。我想,有一部分责任可能在我。我会自责,但这与法律无关。"

"可能是自杀,也可能不是。乔治·巴顿认为不是。于是,他着手调查,然后他死了。这个结果引人联想。"

"我不明白您为什么会……呃,怪在我头上。"

"您承认巴顿太太的死对您有利吗?法拉第先生,一桩丑闻对您的前途十分有害。"

"不会有丑闻的,巴顿太太明白其中的道理。"

"我很怀疑!您太太知道这事吗,法拉第先生?"

"当然不知道。"

"您确定?"

"是,我确定。我太太只知道我和巴顿太太是朋友,此外一无所知。我希望她永远都不知道。"

"您太太是个善妒的女人吗,法拉第先生?"

"一点也不。只要是跟我有关的,她从未表现出任何妒意。她很通情达理。"

探长没作任何评论,而是说:"去年的任何时间,您是否持有过氰化钾,法拉第先生?"

"没有。"

"您在乡下的房子里总会储存氰化钾吧?"

"园丁可能有。我不知道。"

"您从来没去药店买过吗,或者冲洗照片用?"

"我对摄影一窍不通。再说一遍,我从来没买过氰化钾。"

肯普又逼问了一会儿,最后放他走了。

肯普若有所思地对他的部下说:"他迅速否认他太太知道他和巴顿太太的事。为什么会这样,我想知道。"

"大概担心她听到风声,先生。"

"有可能,不过,他应该有足够的头脑意识到,他太太知道了会大发脾气,而如果他太太不知情,这就给了他一个额外的想让罗斯玛丽·巴顿闭嘴的动机。为了自保,他的说词应该是,他太太对他们的私情多多少少知道一点,但选择视而不见。"

"可能他没有想到这一点,先生。"

肯普摇摇头。斯蒂芬·法拉第不是傻子。他很清醒、很精明。他是渴望给探长留下桑德拉毫不知情的印象。

"好了,"肯普说,"瑞斯上校似乎对他挖掘出来的线索很满意,如果他是对的,那么法拉第夫妇的嫌疑就都排除了。我很高兴是这样,我喜欢这小子。而且依我看,他不是凶手。"

2

斯蒂芬推开起居室的门,喊道:"桑德拉!"

她从暗处走过来,突然抓住他,双手搭在他的肩上。"斯蒂芬?"

"屋里怎么这么黑?"

"我受不了光。告诉我。"

他说:"他们知道了。"

"罗斯玛丽的事?"

"是。"

"他们怎么想的?"

"他们看出来了,当然,我有动机……哦,亲爱的,他们看出是我把你卷进来的。都是我的错。如果我在罗斯玛丽死后逃走……离开这里……给你自由——你绝不可能被牵扯进来,这事太可怕了。"

"不,不要……永远不要离开我……永远不要离开我。"

她伏在他胸前哭了起来,泪水顺着两腮流下。他感觉她的身体在颤抖。

"你是我的生命,斯蒂芬,我全部的生命,永远不要离开我……"

"你这么在乎我吗,桑德拉?我从来不知道……"

"我不想让你知道。可是现在……"

"是啊,现在……我们都卷进来了,桑德拉……我们要一起面对……无论发生什么都要在一起!"

他们站在那里,在黑暗中紧紧相拥,他们重又获得了力量。

桑德拉下定决心,说:"这不会毁掉我们的生活的!不会,不会!"

第十章

安东尼·布朗看着小听差递给他的名片。

他皱皱眉头，耸了耸肩，对小男孩说："好吧，请他上来。"

瑞斯上校进来时，安东尼正站在窗前，明亮的阳光斜照在他的肩上。

他看到一个身材高大、军人模样的男人，古铜色的脸上布满皱纹，铁灰色的头发。这个人他见过，不过有几年没见了，他很了解这个人。

瑞斯看到一个优雅黝黑的身形，漂亮的头部轮廓。听到一个令人愉悦且懒洋洋的声音说："瑞斯上校吗？你是乔治·巴顿的朋友，我知道。那天晚上他谈起过你。抽支烟吧。"

"谢谢，来一支。"

安东尼边点烟边说："你是那天晚上没有出现的神秘客人。幸亏没来。"

"你错了，那个空位子不是留给我的。"

安东尼的眉毛挑了起来。

"真的吗？巴顿说——"

瑞斯插嘴道："乔治·巴顿可能是这么说的，但他的计划完全不同。布朗先生，巴顿计划在灯光暗下去时让一个叫克洛伊·韦斯特的女演员坐在那把椅子上。"

安东尼瞪大了眼睛。

"克洛伊·韦斯特？我怎么从来没听说过。她是谁？"

"一个不太出名的年轻女演员，但是她和罗斯玛丽·巴顿在外貌上有几分相似。"

安东尼吹了声口哨。

"我明白了。"

"她拿到了一张罗斯玛丽的照片，以便模仿她的发型。她还有罗斯玛丽死那天晚上穿的裙子。"

"这就是乔治的计划？灯光一亮——变，大家倒吸一口凉气，闹鬼了！罗斯玛丽回来了。心虚的那个人气喘吁吁地说：'是真的——是真的——是我干的。'"他停顿了一下，补充道，"糟糕透了。即便是对可怜的老乔治这种蠢货来说。"

"我不太明白你的意思。"

安东尼咧开嘴笑了。

"哦，好啦，先生，冷酷的罪犯是不会表现得像个歇斯底里的小女生的。如果某个人残忍地毒死了罗斯玛丽·巴顿，并准备同样用氰化钾做掉乔治·巴顿，这个人肯定具备一定的勇气。一个打扮成罗斯玛丽的女演员不足以让他或她说漏嘴。"

"麦克白，记得吧，绝对是个冷酷的凶手，他在宴会上看见班柯的鬼魂还崩溃了呢。"

"啊，但麦克白真的看到了鬼魂！而不是一个穿着班柯的衣服的蹩脚演员！我愿意承认一个真正的鬼魂可能会把属于它的气氛从另一个世界带到人间。其实，我愿意承认我相信鬼魂，过去这半年来我一直相信，尤其是某个人的鬼魂。"

"是吗……哪个人的鬼魂？"

"罗斯玛丽·巴顿的。你想笑就笑吧。我没看见她，但是我感觉到了她的存在。由于某种原因，罗斯玛丽，可怜的女人，无法安息。"

"我能说出一个原因。"

"因为她是被人害死的？"

"换一种说法，因为她是被做掉的。你觉得怎么样，托尼·莫雷利先生？"

一阵沉默。安东尼坐下来，把手里的烟头扔进壁炉，又点上一支。

然后他说："你怎么知道的？"

"你承认你是托尼·莫雷利了？"

"我不想白费时间否认。显然，你给美国发电报了，得到了所有的资料。"

"你也承认罗斯玛丽·巴顿发现你的真实身份时你曾威胁做掉她，除非她管住自己的舌头吗？"

"我想尽一切办法吓唬她。"托尼欣然承认。瑞斯上校心底泛起一种异样的感觉，这次面谈不该如此啊。他盯着眼前懒洋洋地躺在椅子上的人，一种奇怪的熟悉感向他袭来。

"我可以概述一下我了解到的关于你的情况吗，莫雷利？"

"那会很有趣。"

"你在美国时曾被指控蓄意破坏埃里克森飞机制造厂，并被判刑入狱。刑满出狱后，当局就失去了与你的联系。接着，有人听说你在伦敦，住在克拉里奇酒店，自称安东尼·布朗。你在那里设法结识了迪尤斯伯里爵士，并通过他认识了几个著名的军火商。你住在迪尤斯伯里爵士家，借着客人的身份看到了很多你永远都不该看到的东西！真是奇怪的巧合，莫雷利，就在你参观了几家重要的工厂后不久，发生了一连串无法解释的意外事件，还有一些工厂险遭厄运。"

"巧合,"安东尼说,"当然非比寻常。"

"又过了一段时间,你再次出现在伦敦,并与艾丽斯·玛尔熟络起来,却又找借口不去她家,以免她的家人意识到你们之间的关系有多么亲密。最后,你试图引诱她偷偷嫁给你。"

"你知道,"安东尼说,"你查出的这些情况实在令人惊奇,我不是指军火生意,我指的是我对罗斯玛丽的威胁,以及我对艾丽斯悄悄说的那些微不足道的甜言蜜语。这肯定不在军情五处的职权范围内吧?"

瑞斯用锐利的眼神看着他。

"你要解释的东西很多,莫雷利。"

"我没什么好解释的。假设你说的都对,那又怎么样?我服了刑,交了一些有趣的朋友,爱上了一个非常迷人的姑娘,而且迫不及待地想要娶她为妻。"

"迫不及待到希望在她的家人有可能了解你的身世之前就举行婚礼。艾丽斯·玛尔是个非常富有的姑娘。"

安东尼点头同意。

"我知道。一有钱,家人就爱管闲事,可恶。而艾丽斯,你知道,对我不可告人的过去一无所知。说老实话,我宁愿她什么都不知道。"

"恐怕她很快就会知道了。"

"遗憾。"安东尼说。

"可能你还没有意识到——"

安东尼笑着插话道:"哦!我可以做到滴水不漏。罗斯玛丽知道我的犯罪史,所以,我杀了她。乔治·巴顿开始怀疑我,所以,我也把他杀了!现在我在追逐艾丽斯的金钱!环环相扣,全部吻合,但是你一点证据都没有。"

瑞斯目不转睛地看了他几分钟,然后站起身。"我说的都是真的,"他说,"也都错了。"

安东尼紧盯着他。"什么错了?"

"你错了。"瑞斯在房间里慢慢来回踱步,"一切都吻合,直到我看见你。见了你以后,我发现不对。你不是恶棍。如果你不是恶棍,那就是我们的同类。我说得对吗?"

安东尼默默地看着他,脸上慢慢绽放出笑容,然后轻声说:"是啊,人真是了解自己的同类,真有意思。这就是我为什么一直避着不想见你,我担心你发觉我是怎样的一个人。没有人知道我的身份很重要,到昨天为止。现在,谢天谢地,麻烦来了!我们已经掌握了国际破坏者团伙的资料。三年来,我一直在执行这项任务。经常参加会议,煽动工人,获得正确的声誉。结果,他们让我干了一票大的,我就被判刑了。为了取得他们的信任,必须装得跟真的一样。

"我出狱以后,情况开始有进展。我渐渐地打入到他们的核心圈——一个由中欧操纵的大型国际网络。我是以他们的代理人的身份来伦敦的,住在克拉里奇酒店。我奉命和迪尤斯伯里爵士搞好关系。我扮演的角色就是交际高手!以我迷人青年的身份,必须认识罗斯玛丽·巴顿。突然,令我恐惧的是,我发现她知道我在美国坐过牢,真名是托尼·莫雷利。我真替她担心!我的同事如果认为她知道了我的真实身份,会毫不犹豫地杀死她。我使出浑身解数吓唬她,让她闭嘴,但我对此并不抱太大希望。罗斯玛丽就不是一个谨慎的人。我想,我最好躲开。就在这时,我看见艾丽斯从楼上下来,我发誓,等我完成这项任务就回来娶她。

"能动的那部分工作完成后,我再次现身,联系上艾丽斯,但还是不去接近那栋房子和她的家人,因为我知道,他们想打听我的情况,而我必须再保密一段时间。但是,我为她担忧。她看起来病怏怏的,一副惊恐的模样,乔治·巴顿的举止也很怪异。我催促她离开家,嫁给我。呃,她拒绝了。也许她是对的。后来,我被说服参加这次宴会。大家落座后,乔治提到你会来。我立刻说我碰到了一个认识的人,可能会早点走。其实,我确实看见了一个我在美国认识的家伙——猴子科尔曼,尽管他不记得我了,但是我真正想避开的是你。我还在执行任务。

"你知道接下来发生了什么吗——乔治死了。他和罗斯玛丽的死都与我无关,我不知道是谁杀了他们。"

"一点想法都没有?"

"肯定是服务员或者席上的五个人中的一个。我不认为是服务员。不是我,也不是艾丽斯。可能是桑德拉·法拉第,也可能是斯蒂芬·法拉第,也可能是他们俩联手干的。但在我看来,最有可能的是露丝·莱辛。"

"你有什么线索可以证明这个观点吗?"

"没有。我认为她最有可能,但我想不出她到底是怎么干的!这两次惨剧发生时,她被安排的位置最不可能让她在香槟酒杯上做手脚。我越是回想那晚发生的事就越觉得乔治根本不可能被毒死,但他就是被毒死的!"安东尼停顿了一下,"还有一个问题难住我了——你查出写匿名信把他引上这条路的人是谁了吗?"

瑞斯摇了摇头。"没有。我以为我查出来了,但是我错了。"

"因为有趣的是,这意味着,在某个地方有某个人知道罗斯玛丽是被谋杀的,所以,除非你很小心——否则,下一个受害者就是那个人!"

第十一章

安东尼从电话中得知卢西娜·德瑞克将于五点钟出门,去和一个老朋友喝茶。于是,他打出余量(万一她又回去取钱包,或是决定带上雨伞,又或者在门口多聊了两句),把到达时间定在五点二十五分。他想见的是艾丽斯,不是她姑妈。据说,一旦被引见给她姑妈,就不太可能跟艾丽斯顺畅地聊天了。

客厅女仆(一个不像贝蒂·阿克达尔那么放肆的姑娘)告诉他,艾丽斯小姐刚进门,在书房里。

安东尼微笑道:"不用麻烦你了,我自己去吧。"说完,他经过她身边,向书房走去。

他进门时艾丽斯转过身,很紧张。显然,她被吓了一跳。

"啊,是你呀。"

他快步走向她。

"怎么啦,亲爱的?"

"没什么。"她迟疑了一下,然后赶忙说,"没什么。我刚才差点儿被车撞到。哦,都赖我,我在专心想事情,溜溜达达过马路,没看车,突然,一辆车从角落里猛冲过来,差点儿就撞上我了。"

他轻轻摇晃她。

"绝不能做这种事,艾丽斯。我真为你担心。哦!我不想说你奇迹般地从车轮下生还，我更想问让你在车流中出神的原因。是什么原因，亲爱的？有什么特别的原因，是不是？"

她点了点头，然后悲伤地抬起眼看着他，那双又大又黑的眼睛里充满了恐惧。她还没开口，他就读懂了那个眼神传递的信息，她低声迅速地说："我害怕。"

安东尼恢复了平静，以惬意的姿态坐在又长又宽的靠椅上，坐在艾丽斯身旁。

"来吧，"他说，"说来听听。"

"我不认为我想告诉你，安东尼。"

"好啦，别像三流恐怖小说里的女主人公那样，上来第一章就有不可告人的秘密，其实没什么真正的理由，除了搞得男主人公晕头转向。接下来的五万字还全围绕着这个说。"

她淡淡一笑。

"我想告诉你，安东尼，但是我不知道你会怎么想，我不知道你会不会相信——"

安东尼抬起一只手，扳着指头数了起来。

"一、私生子；二、敲竹杠的情人；三、——"

她气呼呼地打断他的话："当然不是。根本不是这种事。"

"那我就放心了，"安东尼说，"好啦，快说吧，小傻瓜。"

艾丽斯的脸上又布满了愁云。

"不是什么可笑的事。是……是关于那天晚上。"

"怎么回事？"他的声音变得尖厉起来。

艾丽斯说："今天上午你参加了死因调查会，你听到……"

她停了下来。

"没听到什么，"安东尼说，"警察局的外科医生讲了一些技术上的问题，氰化钾在乔治身上发生的作用。还有第一个调查员——不是肯普,第一个到卢森堡餐厅控制现场,留着两撇时髦的小胡子的那个——提供了证词。乔治的办公室主任辨认了尸体。一个性格温顺的法医宣布庭审会推迟一个星期举行。"

"我说的是那个探长,"艾丽斯说,"他说在桌子底下找到了一个小纸包,里面还装着少量氰化钾粉末。"

显然,安东尼对这个话题很感兴趣。

"是啊,显然,往乔治的杯子里下毒的人顺手把装毒药的纸包丢在桌子下面了。再简单不过了。不能冒险把纸包放在身上。"

令他不解的是,艾丽斯开始发抖。

"哦,不,安东尼。哦,不是,不是这样的。"

"你什么意思,亲爱的?你知道了什么?"

艾丽斯说:"是我把那个纸包扔在桌子下面的。"

他惊愕地看着她。

"你听我说,安东尼。你还记得乔治是怎么干下那杯香槟酒,然后死了的吧?"

他点点头。

"可怕,像是一场噩梦,就在一切似乎都过去了的时候发生的。我是说,卡巴莱歌舞表演后,灯光亮了起来,我松了一大口气。因为,你知道,就是在那个时候我们发现罗斯玛丽死了的。不知怎么的,我感觉我会看到那一幕再次发生……我感觉她就在那里,死了的她,在桌旁……"

"亲爱的……"

"哦,我知道,我神经过敏。反正,当时我们就在那儿,没发生任何可怕的事,突然,一切似乎终于结束了,又可以——我也不知道怎么解释才好,就像可以从头再来了。所以,我跟乔治跳了舞,我感觉我终于可以快乐地生活了,然后我们回到席上。

接着乔治突然谈起了罗斯玛丽,让我们为了怀念她干一杯,然后……他就死了,所有的噩梦又都回来了。

"我整个人都吓呆了,站在那儿发抖。你过来看他,我退后一点,服务员来了,有人去叫医生。那段时间,我一直愣在那儿。突然,我的喉咙哽住了,泪水开始顺着脸颊向下淌,我急忙打开包拿手帕。我用手乱摸,也没看清楚,就拿出了手帕。但是,手帕里有样东西———一个叠好的硬硬的白色的小纸包,就像药剂师包药粉的那种。可是,你知道,安东尼,我从家里出来的时候它不在我包里。我从来没有过那种东西!包里的东西都是我亲手放进去的——一个粉盒、一支唇膏、一块手帕、一把装在盒子里的梳子,还有一先令和两枚六便士硬币。有人把那个纸包放进了我的包里,一定是这样。我想起罗斯玛丽死后,他们在她的包里发现了一个同样的纸包,里面也有氰化钾。我吓坏了,安东尼,吓得要死。我的手突然变得无力,那个纸包便从我的手帕里滑落到桌子下面。我没去管它,我什么也没说。我太害怕了。有人故意这么做的,看起来是我杀了乔治,但我没有。"

安东尼长长地吹了一声口哨。

"有人看见吗?"他问。

艾丽斯犹豫了一下。

"不太清楚……"她慢慢地说,"我认为露丝注意到了。但她的样子那么惶惑,我不知道她是真的看见了,还是只是茫然地盯着我。"

安东尼又吹了一声口哨。

"这……"他说,"可真是一团糟。"

艾丽斯说:"越来越糟了。我很担心他们查出来。"

"可为什么上面没有你的指纹?我很纳闷。他们做的第一件事就是采集指纹。"

"可能是因为我隔着一层手帕拿的。"

安东尼点点头。

"是啊,你运气不错。"

"可是,到底是谁把它放进我包里的呢?整个晚上我都包不离身。"

"不像你想的那么不可能。卡巴莱歌舞表演之后,你去跳舞的时候,把包留在桌子上了。有人可能在那个时候做了手脚。还有女人。你能站起来给我演示一下女人在化妆间里都做什么吗?这种事我不知道。你们聚在一起聊天,还是走到不同的镜子前补妆?"

艾丽斯考虑了一下。

"我们全都走到一张化妆台前,一张很大的长桌,上面有镜子的那种。然后,放下包照镜子,你知道。"

"我不知道。继续。"

"露丝在鼻子上扑了些粉,桑德拉整理头发,别上一只发夹。我脱下狐皮披肩,递给服务员,然后,我发现我的手有点脏,上面沾了灰,就走到洗手台前。"

"把你的包留在化妆台上了?"

"对,我洗了手。我想,露丝还在补妆,桑德拉把披风交给服务员,回到镜子前,露丝过来洗了手,我回到化妆台前,稍微整理了一下头发。"

"看来,这两个人中的一个有可能趁你不注意时把东西放进了你包里。"

"对,但我不敢相信露丝或者桑德拉会做出这种事。"

"你太把人都当好人了。桑德拉是那种在中世纪能把仇人绑在木桩上活活烧死的野蛮女人。露丝可能是踏足这个地球的最实干的投毒者。"

"如果是露丝，为什么她不说她看见我丢了纸包？"

"这你问倒我了。如果露丝故意栽赃，她肯定会确保你无法脱身。所以，看样子不是露丝。毫无疑问，服务员的可能性最大。服务员，服务员！如果有个陌生的服务员，一个古怪的服务员，特意为那晚雇来的服务员就好了……但服务员是朱塞佩和皮埃尔，他们又不符合条件……"

艾丽斯叹了口气。

"告诉你了我很高兴。没有人会知道吧？这是我们俩之间的秘密。"

安东尼看着她，表情很尴尬。

"不会就这样的，艾丽斯。现在你跟我一起坐出租车去找肯普，这种事不能瞒着不说。"

"哦，不，安东尼，他们会认为是我杀了乔治。"

"如果他们以后发现你一直静观其变，什么也不说，一定会这么认为的！到了那个时候，你的解释就站不住脚了。如果现在你主动交代，他们还可能会相信你。"

"求求你了，安东尼。"

"听着，艾丽斯，现在你的处境很危险。别的不说，有一种东西存在，那就是真相。涉及司法公正的时候，你不能靠求稳来保全自己。"

"哦，安东尼，你非得这么高尚不可吗？"

安东尼说："这个说法很狡猾！但我们还是得去找肯普！现在就去！"

她不情愿地跟着他走进客厅。她的外套随手丢在一把椅子上，他拿起来，帮她穿上。

她的眼神里充满了抗拒和恐惧，但安东尼丝毫没有心软，他说："我们去广场那头叫辆出租车。"

向大厅门口走去时恰好有人按门铃，他们听出声音是从地下室传来的。

艾丽斯大叫了一声。

"我忘了。是露丝。她下班后要来这里商量葬礼的事。葬礼后天举行。我认为卢西娜姑妈不在的时候，问题能更好地解决，她老是把事情搞乱。"

安东尼迈步向前，客厅女仆正从楼下跑上来，安东尼抢先一步开了门。

"没事的，埃文斯。"艾丽斯说，那个女孩又下去了。

露丝的样子很疲惫，头发乱蓬蓬的，手里拿着一个大号公文包。

"抱歉，我迟到了，今天晚上的地铁太挤了，我不得不改搭公交车。等了三班才搭上，一辆出租车都没看见。"

安东尼心想，能干的露丝不可能道歉，这也表明乔治的死成功地破坏了她近乎非人的高效率。

艾丽斯说："我不能跟你去了，安东尼。露丝和我必须把事情定下来。"

安东尼用坚定的语气说："恐怕这事更重要……很抱歉，莱辛小姐，我必须把艾丽斯强行拉走，这事真的很重要。"

露丝立刻说："没关系，布朗先生。我可以等德瑞克夫人回来跟她好好安排一切。"她微微一笑，"我应付得了她，你知道。"

"我相信你应付得了任何人，莱辛小姐。"安东尼钦佩地说。

"也许吧，艾丽斯，你还有什么特别的事要交代吗？"

"没什么。我建议我们俩一起商量是因为卢西娜姑妈的想法总是变来变去的,会让你很为难。你有那么多事要办。但我真的不在乎举行什么样的葬礼!卢西娜姑妈喜欢葬礼,我讨厌葬礼。人死了就得埋,我讨厌小题大做,葬礼什么样对死者并不重要。他们已经摆脱了一切。死人是不会回来的。"露丝没有回答,艾丽斯又用轻蔑的口吻强调了一遍,"死人是不会回来的!"

"走吧。"安东尼说着,把她拖出门去。

一辆缓慢行驶招揽生意的出租车沿着广场开过来,安东尼拦下车,开门让艾丽斯先进去。

"告诉我,美人,"告诉司机去苏格兰场后,他说,"你刚才断言人死了就是死了的时候,你感觉谁在客厅里?乔治,还是罗斯玛丽?"

"没有人!一个人都没有!我就是讨厌葬礼。"

安东尼叹了口气。

"我一定是个通灵人!"

第十二章

三个男人坐在一张大理石桌面的小圆桌旁。

瑞斯上校和肯普探长喝的是茶,深棕色,富含鞣酸;安东尼喝的是咖啡,英国咖啡馆认为这个咖啡好,但他不这么认为,不过鉴于获准参加另两个人的会议,且享有同等待遇,他先忍了。肯普探长在仔细核实过安东尼的证件后,承认他是同事。

"依我看,"探长往红茶里加了几块糖,边搅拌边说,"这个案子永远审判不了,我们永远也找不到证据。"

"你这么认为?"瑞斯说。

肯普点点头,满意地喝了一口茶。

"除非找出那五个人中的一个买过或碰过氰化钾的证据。我去过的地方都一无所获。这是那种知道是谁干的却证实不了的案子。"

"这么说,你知道是谁干的?"安东尼饶有兴趣地注视着他。

"哦,我相当确信。是亚历山德拉·法拉第夫人。"

"原来你认为是她,"瑞斯说,"理由呢?"

"我这就说。我认为她是一个醋意十足的女人,而且很霸道。就像古代的那个王后——什么埃莉诺,跟踪到美人罗莎蒙德的闺房,让她在匕首和一杯毒药之间选择一种死法。"①

---

①指英国国王亨利二世的妻子埃莉诺与国王的情妇,骑士之女罗莎蒙德。

"只是在这种情况下，"安东尼说，"她没给美人罗斯玛丽任何选择的余地。"

肯普探长继续说："有人给巴顿先生透露了消息。他起了疑心，而且我认为，他的怀疑对象很明确。除非他想监视法拉第夫妇，否则他不至于跑到乡下买那幢房子。他一定跟她表现得明明白白——跟这群人唠唠叨叨，非要他们参加这次宴会。她不是那种静观其变的女人，她又变得专横起来，做掉了他！你会说这只是个想法，只是基于性格的推测。但我认为，唯一有机会在巴顿喝下那杯酒之前往他的杯子里下毒的，就是坐在他右手边的那位女士。"

"可是没有一个人看见她那么做？"安东尼说。

"没错。有可能会被人看见，但是他们没看见。可以这么说，她的手法很熟练。"

"简直像个魔术师。"

瑞斯咳嗽了两声，拿出烟斗，把烟草揉进斗钵。

"只有一个小问题。假设亚历山德拉夫人专横霸道、爱吃醋、对她的丈夫一往情深，假设她杀人不眨眼，你认为她是那种会把暗示有罪的证据偷偷塞进一个无辜女孩的包里的人吗？一个全然无辜，从来没有伤害过她的女孩？难道这是基德明斯特家的传统？"

肯普探长不自在地在椅子上扭来扭去，眼睛盯着茶杯。

"女人做起事来从不光明正大，"他说，"你是这个意思吧。"

"事实上，很多女人做起事来光明正大。"瑞斯微笑道，"不过，我很高兴看到你不自在的样子。"

肯普转向安东尼，态度亲切，以便逃脱这个窘境。

"对了，布朗先生——我还是这样称呼你，如果你不介意的话，我想说的是，非常感谢你今晚立刻把玛尔小姐带来了，把她了解到的情况告诉了我。"

"我必须立刻把她带来，"安东尼说，"再等下去，没准就带不走了。"

"当然，她并不想来。"瑞斯上校说。

"她吓坏了，可怜的孩子。"安东尼说，"这很正常，我想。"

"非常正常。"探长说着又给自己倒了杯茶。安东尼小心翼翼地呷了一口咖啡。

"哦，"肯普说，"我想，我们减轻了她的精神压力——她高高兴兴地回家去了。"

"葬礼过后，"安东尼说，"我希望她能去乡下住一段日子。我想，二十四小时的平静与安宁，远离卢西娜姑妈那根喋喋不休的舌头对她有好处。"

"卢西娜姑妈的舌头也有它的用处。"瑞斯说。

"那你尽管去听她说好了，"肯普说，"幸亏我给她录口供的时候认为没有必要带上速记员，不然，那个可怜的家伙肯定手抽筋进医院了。"

"哦，"安东尼说，"我想你是对的，探长，你说这个案子永远审判不了，但这个结果很不令人满意。何况我们还有一件事没弄清楚——到底是谁给乔治·巴顿写的那些匿名信，告诉他他太太是被人谋杀的？那个人是谁，我们一点头绪都没有。"

瑞斯说："你还在怀疑那个人吗，布朗？"

"露丝·莱辛？是的，我坚持认为她有嫌疑。你告诉我，她承认她爱过乔治，然后大家都说罗斯玛丽对她很刻薄。也许她突然找到了一个除掉罗斯玛丽的好机会，而且她确信只要除掉罗斯玛丽，她就可以立刻嫁给乔治。"

"你说的我都同意,"瑞斯说,"我承认露丝·莱辛冷静、务实、办事效率高,足以计划并实施谋杀,或许还缺少同情心,而从本质上讲,同情心是想象力的产物。好吧,就算第一起谋杀案是她做的,可是,第二起谋杀案怎么会是她做的呢,我实在想象不出她会因为恐慌就毒死她所深爱并想与之结婚的男人!还有一点排除了她的嫌疑——她明明看见艾丽斯把装有氰化钾的纸包丢在桌子底下,为什么不吭声?"

"也许她没看见她那么做。"安东尼嘴上这么说,其实心里拿不准。

"我相信她看见了。"瑞斯说,"我问她话时,感觉她有所隐瞒。艾丽斯·玛尔也认为露丝·莱辛看见了。"

"好了,上校,"肯普说,"让我们听听你的想法。你肯定有自己的想法吧?"

瑞斯点点头。

"说吧。这样才公平。你已经听了我们的想法,还提出了异议。"

瑞斯若有所思的目光从肯普的脸上移到安东尼的脸上,并停在那里。

安东尼挑起双眉。

"别告诉我你依旧认为我是罪魁祸首!"

瑞斯慢慢摇头。

"我想不出你有什么理由杀死乔治·巴顿。我想我知道是谁害死了他——还有罗斯玛丽·巴顿。"

"谁?"

瑞斯若有所思地说:"奇怪,我们都把嫌疑人锁定在女人身上。我怀疑的人也是个女的。"

他停了一下,然后平静地说:"我认为凶手是艾丽斯·玛尔。"

安东尼"砰"的一声推开椅子站了起来。他的脸变成了暗红色,经过一番努力后,他才重又恢复了平静。开口说话时,他的声音微微颤抖,但依然是一副轻松戏谑的口吻。

"我们务必要讨论一下这种可能性,"他说,"为什么是艾丽斯·玛尔?如果是她,为什么她主动告诉我那个纸包是她丢在桌子底下的?"

"因为,"瑞斯说,"她知道露丝·莱辛看见她这么做了。"

安东尼歪着头考虑了一下这个回答。最后,他点了点头。

"通过。"他说,"继续。你为什么怀疑她?"

"动机。"瑞斯说,"一大笔财产留给了罗斯玛丽,却没有艾丽斯的份儿,这我们都知道。她可能在不公平的感觉中挣扎了好几年。她知道,如果罗斯玛丽死后无嗣,所有的钱就全归她了。而且,流感过后,罗斯玛丽沮丧、忧愁、身体虚弱,处在这种情绪中,自杀的裁定也会被毫无异议地接受。"

"没错,把这个女孩说成魔鬼!"安东尼说。

"不是魔鬼,"瑞斯说,"我怀疑她还有一个理由,对你来说可能很牵强——维克多·德瑞克。"

"维克多·德瑞克?"安东尼瞠目结舌。

"敌意。你看,我没白听卢西娜·德瑞克说话,我对玛尔家的事了如指掌。维克多·德瑞克——与其说他软弱,不如说他邪恶。他母亲智力低下,精神无法集中;玛尔家的父亲赫克托·玛尔,软弱、恶毒,还是个酒鬼;罗斯玛丽,情绪不稳定。一部关于软弱、邪恶和不稳定的家庭史。遗传原因。"

安东尼点燃一支烟,他的手在抖。

"你不相信一根弱枝，甚至坏枝上能开出一朵健康的花？"

"当然有可能。但我不确定艾丽斯·玛尔是一朵健康的花。"

"我说什么都没用，"安东尼慢悠悠地说，"因为我爱上了她。乔治给她看了那些信，她一慌就把他杀了？是这样吗？"

"是。她会感到恐慌。"

"她是怎么把那个东西放进乔治的香槟酒杯里的？"

"这个，我承认，我不知道。"

"谢天谢地，还有你不知道的东西。"安东尼前后晃动椅子，目露愤怒的凶光，"竟然跟我说这个，你真有种。"

瑞斯平静地说："我知道，但是我考虑后的结果是非说不可。"

肯普饶有兴趣地看着他们俩，但没吱声。他心不在焉地不停地搅拌茶水。

"好吧。"安东尼把身子坐直，"现在情况变了，这不再是围坐桌旁，喝着恶心的液体，公开发表学术理论了。这个案子必须破，克服一切困难，弄它个水落石出。这是我的工作，我会想尽一切办法做到。必须专注于我们不知道的东西，一旦知道了，整件事就明了了。

"我重申一下问题是什么。谁知道罗斯玛丽是被人谋杀的？谁写信告诉乔治的？为什么要给他写信？还有谋杀案本身。不去管第一件，过去太久了，我们也不清楚到底发生了什么。但第二起谋杀案就发生在我眼前。我亲眼看着它发生的。所以，我应该知道到底是怎么回事。在乔治的杯子里下毒的最理想的时间是卡巴莱歌舞表演期间，但不可能是那个时候下的毒，因为表演一结束他就喝了酒。我看着他喝下去的。这之后，没人往他的杯子里放过任何东西。没有人碰过他的杯子，但是，他再喝的时候，杯子里却充满了氰化钾。他不可能是被毒死的，但他就是被毒死的！他的杯子里有氰化钾，但是没有人可能投毒！事情有进展吗？"

"没有。"肯普探长说。

"有。"安东尼说，"现在事情进入了魔术或者说显灵的领域。我来概括一下我的通灵理论。我们跳舞的时候，罗斯玛丽的鬼魂在乔治的杯子周围盘旋，变出一些氰化钾丢到里面——任何一个鬼魂都会用灵气制造氰化钾。乔治回来了，敬她酒，结果——哦，天哪！"

另两个人好奇地盯着他。安东尼双手抱头，身体前后摇晃，显然极度痛苦。

他说："就是那个……就是那个……包……服务员……"

"服务员？"

肯普变得警觉起来。

安东尼摇头。"不，不，不是你以为的那个意思。我确实想过我们需要的是一个服务员，不是真的服务员，而是一个通灵者——前一天安排好的服务员。相反，有一个服务员，他一直是服务员，一个小服务员，一流的服务员，一个天真无邪的服务员，一个没有嫌疑的服务员。他依然没有嫌疑，但他扮演了他的角色！啊，天哪，是的，他扮演了主要角色。"

他瞪着他们。

"你们还不明白吗？一个服务员可能会在香槟酒里下毒，但那个服务员没有。没人碰过乔治的杯子，但乔治被毒死了。一个，不定冠词。那个，定冠词。乔治的杯子！乔治！两个不同的东西。还有钱——很多很多钱！谁知道，也许还有爱？不要用看疯子的眼神看我。来，我给你们演示一下。"

他把椅子向后一推,"腾"地一下站起来,伸手抓住肯普的胳膊。

"跟我来。"

肯普向那个半满的杯子投去惋惜的目光。

"还得付钱。"他喃喃地说。

"不,不用,我们一会儿就回来。来,必须去外面给你们展示一下。快来,瑞斯。"

他推开桌子,一阵风似的把他们带到门廊上。

"看见那边那个电话亭了吗?"

"然后呢?"

安东尼把手伸进口袋里摸了摸。

"该死,我没有两便士硬币。算了。我想了一下,还是别这么做了。我们回去吧。"

他们回到咖啡厅,肯普走在前面,安东尼抓着瑞斯的胳膊跟在后头。

肯普皱着眉头坐下来,拿起烟斗,小心地吹了几下,从马甲口袋里掏出一根发夹挑着烟丝。

瑞斯一脸困惑,皱着眉看着安东尼。接着他往椅背上一靠,端起杯子,一口喝光了里面剩下的液体。

"该死,"他粗暴地说,"有糖!"

他向桌子对面看去,安东尼的脸上慢慢绽放出笑容。

"喂,"肯普喝了一小口,说,"这是什么鬼东西?"

"咖啡,"安东尼说,"我不认为你会喜欢。我就不喜欢。"

第十三章

看到两个同伴的眼神,安东尼很高兴他们明白了。

然而,这种满足感持续的时间很短,他忽地又想起一件事,身上仿佛挨了一拳。

他大叫起来:"我的上帝啊——那辆车!"

他一下子跳了起来。

"我真是个笨蛋——白痴!她告诉过我,有一辆车差点儿把她撞倒,我几乎没听她说话。走,快!"

肯普说:"她说离开苏格兰场后直接回家。"

"对。我怎么就没跟她一起走呢?"

"谁在家?"瑞斯问。

"露丝·莱辛在家里等德瑞克太太。可能她们还在讨论葬礼的事!"

"还讨论其余的一切,如果我了解德瑞克太太的话。"瑞斯说。突然,他又加上一句:"艾丽斯·玛尔还有其他亲戚吗?"

"据我所知没有。"

"我想,我知道你在朝哪个方向想了。但是,技术上可能吗?"

"我认为可能。你想想我们是不是总把一个人的话认作理所当然。"

肯普在付账。三个人匆匆离开,肯普说:"你认为玛尔小姐的情况很危急?"

"对,很危险。"

安东尼小声骂了一句,拦下一辆出租车。三个人钻进车,告诉司机去艾尔维斯顿广场,越快越好。

肯普慢悠悠地说:"我只有一个大致的想法。法拉第夫妇的嫌疑被排除了。"

"是。"

"谢天谢地。不会又要杀人了吧——这么快?"

"越快越好,"瑞斯说,"在我们有可能找对方向之前。第三次更幸运——凶手肯定是这么想的。"他又说,"艾丽斯·玛尔跟我说,而且是当着德瑞克太太的面,她说只要你愿意,她随时会嫁给你。"

他们在时断时续的颠簸中交谈,出租车司机完全遵照他们的吩咐,以极大的热情绕小圈、抄近路,转了最后一个弯后冲刺进入艾尔维斯顿广场,并在那栋房子前来了个急刹车。

艾尔维斯顿广场从未如此宁静。安东尼努力恢复了平日的冷静,喃喃自语:"真像电影一样,我感觉自己是个十足的蠢货。"

瑞斯付了车费,肯普跟着上了台阶,安东尼则站在最高的一级台阶上按门铃。

客厅女仆开了门。

安东尼厉声问:"艾丽斯小姐回来了吗?"

埃文斯有点诧异。

"哦,回来了,先生。半个小时前回来的。"

安东尼松了一口气。这里的一切是那么的平静、正常,他不禁为自己夸张的恐惧感到难为情。

"她在哪儿?"

"我想她和德瑞克太太在会客厅。"

安东尼点点头,迈着轻松的步子上楼,瑞斯和肯普紧随其后。

会客厅里,罩子遮住的电灯下,德瑞克太太正平静地在书桌的分格里翻找,如梗犬一般专注,心里充满希望,口中念念有词。

"哎呀,哎呀,我把马斯汉姆太太的信放哪儿了?我想想啊……"

"艾丽斯在哪儿?"安东尼突然问。

卢西娜转过身,瞪大眼睛。

"艾丽斯?她——对不起,"她挺直身子,"请问你是谁?"

瑞斯从他身后走出来,卢西娜面露喜色。她还没看见第三个进门的肯普探长。

"啊,亲爱的,瑞斯上校!你能来真是太好了!不过,我真希望你能早点儿来,我想向你咨询一下葬礼的事,男人的意见非常宝贵,而且我现在心烦意乱,就像我跟莱辛小姐说的那样,我都没法思考了。我必须说,莱辛小姐终于有同情心了,主动提出尽力帮我减轻负担。只是,她说的很有道理,我当然应该最清楚乔治最喜欢哪首圣歌。但其实我并不知道,恐怕乔治很少去教堂。当然啦,作为一名神职人员的妻子,我的意思是遗孀,我确实知道哪首圣歌更合适……"

瑞斯趁她暂停的间隙插进一个问题:"玛尔小姐在哪儿?"

"艾丽斯?她回来一会儿了,说头疼,直接上楼回房间去了。现在的女孩啊,你知道,我觉得她们精力不够用,菠菜吃得太少,她好像也不怎么喜欢讨论葬礼的事。但事情总得有人去做呀,而且我希望把一切做到最好,向死者表示应有的尊重。我从来不认为灵车有多么恭敬——如果你明白我的意思——不像马，有长长的黑尾巴。当然啦，我立刻说没关系，还有露丝——我叫她露丝，不叫莱辛小姐，我应付得很好，她可以把一切都交给我们来处理。"

肯普问："莱辛小姐走了？"

"对，我们安排好了一切，莱辛小姐大约十分钟前走的。她拿着要登在报纸上的讣告走的。没有鲜花，在这种情况下，韦斯特伯里牧师主持仪式——"

她滔滔不绝时，安东尼悄悄溜出门去。他走后，卢西娜才突然中断讲述，停下来说："跟你一起来的那个小伙子是谁？我一开始没意识到你带他来了。他大概是个可怕的记者吧，他们可给我们添了不少麻烦。"

安东尼脚步轻快地跑上楼梯，听到背后有脚步声，他扭过头，咧开嘴对肯普探长笑。

"你也逃出来了？可怜的老瑞斯！"

肯普喃喃地说："这种事，他能做得很好，我可应付不来。"

他们到了二楼，正准备上三楼时，安东尼听到轻微的脚步声，有人下楼来了。他把肯普拉进旁边的一间浴室里。

那个人继续下楼。

安东尼走出来，跑完最后几级台阶。他知道，艾丽斯的房间是后面的那个小房间。他轻轻叩门。

"嗨——艾丽斯。"没有人回应。他又敲，又喊，然后转了几下门把手，发现门锁着。

情况紧急，他用力拍门。

"艾丽斯——艾丽斯——"一两秒钟后，他停下来低头看。他正站在一块挡风的旧式羊毛地毯上，这块地毯紧贴着门，安东尼一脚把它踢开。门底下的缝隙很宽——他推断是在过去的某个时候切开的,用来移出定制的地毯,而不是彩色木地板。

他弯下腰,把眼睛凑在锁眼上,但什么也没看见。突然,他抬起头闻了闻。然后趴在地上,鼻子凑近门缝。

他一下子跳了起来,大叫道:"肯普!"

肯普探长不见了踪影。安东尼又大叫起来。

结果,跑上来的是瑞斯上校。安东尼没给他说话的机会,他说:"瓦斯——溢出来了!我们得把门撞开。"

瑞斯身强力壮,他和安东尼很快就清除了障碍。

随着一阵碎裂声,门锁开了。

他们向后退了一步,然后瑞斯说:"她在壁炉旁边。我冲进去把窗子打破,你把她抱出来。"

艾丽斯·玛尔躺在瓦斯炉旁,口鼻靠在打开的瓦斯喷嘴上。

冲进呛鼻子的房间一两分钟后,安东尼和瑞斯把昏迷不醒的艾丽斯放在走廊窗前的通风处。

瑞斯说:"我来给她急救。你快去叫个医生来。"

安东尼飞快地向楼下奔去。瑞斯在他身后喊:"别担心,我认为她不会有事,我们来的正是时候。"

安东尼在大厅里拨通电话,对着话筒讲话,身后卢西娜·德瑞克的惊叫声妨碍了他。

他终于放下电话转过身,松了一口气,说:"找到了。他就住在广场对面,过几分钟就到。"

"——可是我必须知道发生了什么事!艾丽斯生病了?"

卢西娜哀号了一声。

安东尼说:"刚才她在她的房间里,门锁着,头靠在瓦斯炉上,瓦斯大开。"

"艾丽斯?"德瑞克太太发出一声刺耳的尖叫,"艾丽斯自杀了?我不敢相信。我不相信!"

安东尼又咧开嘴淡淡一笑。

"你不需要相信,"他说,"事情不是这样的。"

第十四章

"求求你,托尼,告诉我到底是怎么回事,好吗?"

艾丽斯躺在一张沙发上,十一月勇敢的阳光在小官府窗外逞英豪。

安东尼看着坐在窗台上的瑞斯上校,对他露出动人的笑。

"我不介意承认,艾丽斯,我一直在等待这个时刻来临。如果我不快点找个人解释一下我有多聪明,我会爆炸的。我的讲述中没有谦虚,自吹自擂我也不会觉得难为情,中间还会适当停顿一下,以便你说'安东尼,你真聪明',或者'托尼,太棒了'之类的话。哼!演出即将开始,仔细听我道来。

"这件事,总的来说,简单至极。我的意思是,看起来是个因果关系明了的案子。罗斯玛丽的死当时被认定为自杀,其实不是。乔治起了疑心,着手调查,就在他接近真相,即将撕下凶手的面具时,他也遇害了。前后次序,如果我可以这么说,似乎十分清楚。

"但是,我们几乎立刻就碰到了貌似自相矛盾的问题。诸如:A.乔治不可能被毒死。B.乔治被毒死了。以及:A.没有人碰过乔治的杯子。B.乔治的杯子被人做了手脚。

"事实上,我们忽略了一个很有意义的事实——所有格的不同用法。乔治的耳朵是乔治的耳朵,这一点毋庸置疑,因为耳朵就长在他的脑袋上，不动手术摘不掉！但至于乔治的手表，我指的是乔治戴在手腕上的表，问题就出现了，手表是他自己的吗，还是别人借给他的？说到乔治的酒杯，或者乔治的茶杯，我开始意识到，我的所指变得非常含糊。我其实指的是乔治喝过酒或茶的杯子，而这个杯子与其他同款的杯子并没有什么区别。

"为了说明这一点，我做了个实验。当时，瑞斯喝的是没放糖的茶，肯普喝的是放了糖的茶，我喝的是咖啡。表面上看，三种液体的颜色几乎一样。我们围坐在一张大理石桌面的小桌旁，周围还有几张同样的桌子。我借口忽然来了灵感，催他们俩离座，到外面的门廊上去。这期间，我把椅子推到一边，同时偷偷把放在肯普盘子旁边的烟斗移到我杯子旁边类似的位置上。刚一到外面，我就又找了个借口回来了。肯普稍稍在前，他把椅子拉到桌前，在有烟斗标记的盘子对面坐了下来。瑞斯还像刚才那样坐在他右边，我坐在他左边。结果发生了什么呢？新的A和B的矛盾！A．肯普的杯子里是放了糖的茶。B．肯普的杯子里是咖啡。两个互相矛盾的说法不可能都对，但又都是对的。导致错误结论的说法是'肯普的杯子'。他离开桌子时的'肯普的杯子'和回来后'肯普的杯子'不是同一只杯子。

"而这，艾丽斯，正是那天晚上在卢森堡餐厅发生的事。卡巴莱歌舞表演后，你们都去跳舞的时候，你的包掉了，'一个'服务员把它捡了起来，不是'那个'服务员，负责你们那桌的服务员知道你坐在什么位置。而一个挨所有人欺负的小服务员急匆匆地给客人送调味汁时正好经过那里，便蹲下身，捡起包，放在一个盘子旁边。事实上，他把包放到你左边那个位子的盘子旁边了。你和乔治是最先回来的，你想也没想就径直回到你的包标记的位置，就像肯普回到了烟斗标记的位置。乔治坐在他以为是他的座位上,你的右边。当他提议为怀念罗斯玛丽干一杯时,他以为他喝的是他杯子里的酒,其实,那是你的杯子——那个杯子很容易被下毒,不需要用魔术手法,因为卡巴莱歌舞表演结束后唯一没喝酒的人必定是那个被祝酒的人。

"现在回想整件事,就会发现凶手的计划完全不同!谋杀的对象是你,不是乔治!这么看来,乔治是被人利用了,不是吗?如果没出差错,大家看到的又是怎样一个故事呢?一年前那场宴会的重现,那次自杀的重现!显然,人们会说,那家人有自杀倾向!接着在你的包里发现了一个装有氰化钾的小纸包。再清楚不过了!可怜的姑娘,姐姐的死令她伤心欲绝。非常令人痛心,可是,有钱的姑娘有时候太神经质了!"

艾丽斯打断他的话,大叫道:"可是,为什么有人想要我死?为什么!为什么?"

"都是为了那笔可爱的钱,我的小天使。钱,钱,钱!罗斯玛丽死后,那些钱就归你了,假设你又死了,再没结婚,那笔钱会怎么样呢?答案是留给你最近的亲属——你的姑妈,卢西娜·德瑞克。但是从这位亲爱的太太的讲述来看,我并不认为卢西娜是头号凶手。还有其他人能从中获利吗?有,确实有,维克多·德瑞克。卢西娜有了钱,就等于维克多有了钱,维克多会确保这一点!他在他母亲跟前向来为所欲为。而且把维克多看作头号凶手并不难。这个案子从一开始就涉及维克多,时时有人提起他。他一直在我们的视线范围内,一个朦胧的、虚幻的、邪恶的形象。"

"可是,维克多人在阿根廷啊!他去南美一年多了。"

"是吗?我们现在就来谈谈每个故事的主要情节,'女孩遇到男孩'!当维克多遇到露丝·莱辛,这个特别的故事就开始了,他控制住了她。我想,她一定是疯狂地爱上了他。那些不爱说话、头脑冷静、遵纪守法的女人往往会爱上大坏蛋。

"稍微想一下,你就会意识到,所有维克多在南美的证据完全取决于露丝怎么说。没有一次被证实过,因为主要问题不在这里!露丝说罗斯玛丽去世前,她亲自把维克多送上了圣克里斯托瓦尔号!乔治死那天是露丝建议给布宜诺斯艾利斯打电话,后来,她又辞掉了那个可能不小心说漏嘴,说她没打过电话的总机小姐。

"当然,现在很容易核实!一年前,罗斯玛丽死后第二天,维克多·德瑞克乘船离开英格兰,到达布宜诺斯艾利斯。乔治死那天,布宜诺斯艾利斯的奥西尔维在电话里跟露丝聊过维克多·德瑞克。几个星期前,维克多·德瑞克离开布宜诺斯艾利斯去了纽约。要安排在某一天以他的名义发出一封电报很容易——一封要钱的电报似乎是他远在千里之外的铁证。然而……"

"怎么样,安东尼?"

"然而,"说到高潮处,安东尼心中充满强烈的快感,"他当时就在卢森堡餐厅,我们旁边那桌,和一个不太蠢的金发女郎坐在一起!"

"不会是那个样子很可怕的男人吧?"

"一张布满黄斑的脸,充满血丝的眼睛,这些都是很好的伪装,会让一个人的外貌大变样。实际上,我们这群人里,除了露丝·莱辛,只有我见过维克多·德瑞克,只是那时候他不叫这个名字!不管怎么样,我背对着他坐着。我确实认出他来了,我们刚进来的时候,在外面的酒吧间,我看见我坐牢的时候认识的一个人——猴子科尔曼。不过,我现在过着非常体面的生活,没太担心他会认出我来。我丝毫没有怀疑过猴子科尔曼会跟这起命案有关，更没想到他和维克多·德瑞克是同一个人。"

"我还是想不明白他是怎么干的？"

瑞斯上校接着讲这个故事。

"用世界上最最简单的方法。卡巴莱歌舞表演进行中，他出去接了个电话，经过我们那桌。德瑞克做过演员，更重要的是，他还做过服务员。假扮成佩德罗·莫拉莱斯对一个演员来说简直轻而易举，不过是熟练地在桌旁转来转去，摆出服务员的步态，斟满香槟酒杯，这需要一个真正做过服务员的人所具备的知识和技能。动作稍微笨拙一点就会引起客人的注意，而他做过真正的服务员，你们都没有注意到他，或者说没有看见他。你们看的是卡巴莱歌舞表演，不会注意餐馆的那个陈设——服务员！"

艾丽斯犹犹豫豫地说："那露丝呢？"

安东尼说："当然，那个装氰化钾的纸包是露丝塞进你包里的，很可能就在化妆间，宴会刚开始的时候。一年前在罗斯玛丽身上，她也用了同样的手法。"

"我一直觉得很奇怪，"艾丽斯说，"乔治怎么没把匿名信的事告诉露丝。他凡事都征求她的意见。"

安东尼大笑了一声。

"当然告诉她了——马上。她知道他会告诉她，这就是她写那两封信的原因。然后，她替他安排了所有的'计划'——先把他鼓动起来。她设计了舞台布景，把二号自杀现场布置得井井有条，如果乔治选择相信你杀死了罗斯玛丽，又因懊悔或恐慌自杀——这对露丝来说都无关紧要！"

"想想我还挺喜欢她的，特别喜欢！我还真希望她能嫁给乔治呢。"

"如果没碰到维克多，她可能会成为他的贤内助，"安东尼说,"寓意:每一个女凶手都曾经是个好女孩。"

艾丽斯打了个激灵。"都是为了钱!"

"你这个小天真,做这种事都是为了钱!维克多当然是为了钱。露丝一部分为了钱,一部分为了维克多,还有一部分,我想是因为她恨罗斯玛丽。对了,她开了很远的路,故意想用车子撞死你,后来,她在会客厅跟卢西娜道别后,把前门重重地关上,然后跑进你的卧室。当时她什么样?很兴奋?"

艾丽斯想了想。

"我不这么认为。她只是敲了敲门,走进来,说一切都安排好了,她希望我没什么不舒服的地方。我说没事,就是有点累。然后她拿起我那支包着胶皮套的大手电筒,说真是一支漂亮的手电筒,然后我就什么都不记得了。"

"不,亲爱的,"安东尼说,"那是因为她用你那支漂亮的手电筒在你的后脖颈敲出了一个小小的裂缝,下手不算太狠。然后,她很艺术地把你摆在瓦斯炉旁,关紧窗户,打开瓦斯,走出去,反锁上门,把钥匙从门缝下面塞进去,再用羊毛地毯堵住出风口,然后踮起脚下楼。我和肯普及时躲进浴室里。我冲上楼去找你,肯普偷偷跟着她来到停车的地方——你知道,当时露丝强调她是坐公交车和地铁来的,我就觉得这事有蹊跷!"

艾丽斯又哆嗦了一下。

"太可怕了,想想竟然有人决心要将我置于死地。她也恨我吗?"

"哦,我不这么认为。但露丝·莱辛小姐是个很能干的年轻女人。她已经做了两起谋杀案的从犯了,她不想白白地冒生命危险。我毫不怀疑卢西娜·德瑞克抱怨过你决定随时结婚,那样的话,她就没有时间可以浪费了。一旦你结了婚,我就是你最近的亲属,而不是卢西娜。"

"可怜的卢西娜,我真替她难过。"

"我想我们都替她难过。她是个无害且和蔼的人。"

"他真的被捕了吗?"

安东尼看着瑞斯,瑞斯点点头说:"今天上午,他在纽约上岸的时候。"

"他会跟露丝结婚吗——事成之后?"

"那是露丝的想法。我想她还是会和他断绝关系。"

"安东尼,我不认为我很喜欢我的钱。"

"没关系,甜心,如果你愿意的话,我们可以用它做些高尚的事。我有足够的钱活下去,并让我的太太过上比较舒适的生活。如果你愿意的话,我们可以把钱全捐出去,捐给育幼院,或者为老年人免费提供烟草,发起一项为全英格兰提供更好的咖啡的运动怎么样?"

"我得留点钱。"艾丽斯说,"这样,我愿意的时候就可以大摇大摆地离开你。"

"艾丽斯,我不认为抱着这种心态步入婚姻生活是正确的。哦,对了,你一次也没说'托尼,太棒了'、'安东尼,你真聪明'!"

瑞斯上校微笑着站起身。

"我要去法拉第家喝茶了。"他大声说。然后微微眨了一下眼睛,对安东尼说:"你不去吧?"

安东尼摇摇头,瑞斯走出房间,走到门口后站住,回过头说:"演出很精彩。"

他随手关上门后,安东尼说:"这才是最高的英式赞许。"

艾丽斯用冷静的语气问:"他认为是我干的,对不对?"

"你不能因为这个责怪他,"安东尼说,"你要知道,他见过太多漂亮的女间谍,那些女人个个窃取秘方,用花言巧语从少将们嘴里套取机密,所以,他的性情变坏了,判断力也被扭曲了。他认为一定是漂亮的女孩作的案!"

"你怎么知道不是我,托尼?"

"因为爱吧,我想。"安东尼愉快地说。

接着,他的脸色变了,表情突然变得严肃起来。他摸着艾丽斯身旁的一只小花瓶,里面插着一根灰绿色的花枝,上面开着一朵淡紫色的花。

"这个时候怎么还开花?"

"有时候是这样……一株奇怪的植物……暖和的秋天就会开花。"

安东尼把它从瓶子里拿出来,在脸上贴了一会儿。他半闭着眼睛,眼前浮现出栗色的秀发、含笑的蓝眼睛和热情奔放的红嘴唇……

他以交谈的口吻轻声说:"她不在这附近游荡了吧?"

"你指的是谁?"

"你知道我指的是谁。罗斯玛丽……我想,她知道你有危险,艾丽斯。"

他用嘴唇碰了一下带香味的绿枝,随后抬手将它丢出窗外。

"再见,罗斯玛丽,谢谢你……"

艾丽斯轻柔地说:"为了帮助回忆……"她的声音更轻柔了,"亲爱的,请牢记……"

Sparkling Cyanide
Copyright © 1945 Agatha Christie Limited. All rights reserved.
Letter for Chinese Reader, New Star Edition by Mathew Prichard © 2013 Mathew Prichard.
Translation © 2023 arranged by New Star Press, Agatha Christie Limited. All rights reserved.
www.agathachristie.com
AGATHA CHRISTIE, *AgathaChristie*® and the AC Monogram Logo are registered trade marks of Agatha Christie Limited in the UK and elsewhere. All rights reserved.
Published by agreement with ACL.
Simplified Chinese edition copyright: 2023 New Star Press Co., Ltd.

图书在版编目（CIP）数据

闪光的氰化物 /（英）阿加莎·克里斯蒂著；赵文伟译 . —— 北京：新星出版社，2023.6
（阿加莎·克里斯蒂侦探小说全集：精装典藏版）
ISBN 978-7-5133-4914-7

Ⅰ . ①闪… Ⅱ . ①阿… ②赵… Ⅲ . ①侦探小说 – 英国 – 现代 Ⅳ . ① I561.45

中国国家版本馆 CIP 数据核字 (2023) 第 054512 号

m 午夜文库
谢刚 主持